Susan Hill

Die kleine Hand

Eine Gespenstergeschichte

Aus dem Englischen von
Susanne Aeckerle

Gatsby

Die Originalausgabe erschien 2010 unter dem Titel
The Small Hand im Verlag Profile Books Ltd, London.

Für den Blick hinter die Verlagskulissen:
www.kampaverlag.ch/newsletter

Gatsby Bücher erscheinen
im Kampa Verlag.

www.kampaverlag.ch
www.gatsbyverlag.ch
Covergestaltung: Hannah Kolling
nach einem Entwurf von Peter Dyer
Satz: Herr K | Jan Kermes, Leipzig
Druck und Bindung: CPI books GmbH, Leck
Auch als E-Book erhältlich
ISBN 978 3 311 27001 0

Für Robert, cher ami pour beaucoup d'années,
für so viele Dinge.
Et aussi pour sa Claudine

I

Um kurz vor neun versank die Sonne in einer rauchig violetten Wolkenbank, und ich hatte mich verfahren. Ich wendete in einer Einfahrt und fuhr die letzte halbe Meile zum Wegweiser zurück.

Die vergangenen vierundzwanzig Stunden hatte ich bei einem Kunden nahe der Küste verbracht und war auf dem Rückweg nach London, doch es war zweifellos keine gute Idee gewesen, die Hauptstraße zu verlassen und querfeldein zu fahren.

Die Landstraße führte durch die Downs, mit kargen Erdwällen zu beiden Seiten, und dann auf einem geraden, von Bäumen gesäumten Straßenstück zur Kreuzung. Die Angaben auf dem Wegweiser waren verblichen, neuere waren nicht vorhanden. Als ich zur richtigen Abzweigung kam, schoss ich fast daran vorbei, denn hier gab es überhaupt kein Schild, nur eine Nebenstraße mit hohen Böschungen, in denen Baumwurzeln so tief verankert waren wie uralte Zähne. Aber ich hatte die Hoffnung, auf diesem Weg zur Hauptstraße zurückzufinden.

Das Sträßchen wurde schmaler. Die Sonne stand hinter mir, blendete mich im Rückspiegel. Dann kam eine scharfe Kurve, das Sträßchen wurde einspurig, und der Blick nach vorn war mir durch dunkle, tief hängende Äste versperrt.

Ich bremste ab. Das konnte keinesfalls der richtige Weg sein.

Stand da ein Haus? War dort jemand, der mir den Weg erklären konnte?

Ich stieg aus. Mir gegenüber stand ein Schild, schon grün vor Alter: DAS WEISSE HAUS. Darunter hatte jemand ein Stück Pappe geheftet. Es hing lose herab, doch ich konnte gerade noch die in ungelenken Buchstaben aufgemalten Wörter GARTEN GESCHLOSSEN entziffern.

Nun ja, ein Haus ist ein Haus. Dort würde es Menschen geben. Langsam fuhr ich den Weg entlang. Die Böschungen waren sogar noch steiler, die Bäume riesig, geradezu gigantisch.

Dann, am Ende des Weges, kam ich auf eine große Lichtung und stellte fest, dass es tatsächlich immer noch hell war, der Himmel von einem blassen, wie emaillierten Silberblau. Eine Durchfahrt gab es nicht. Weiter vorne war ein hölzernes Tor zu sehen und eine hohe, von Dornen und Gestrüpp überwucherte Hecke.

Ich hörte nichts außer den Vögeln, eine Drossel, die hoch oben auf den Ästen eines Walnussbaums sang, und Amseln, die tixend durchs Gestrüpp trippelten. Als ich aus dem Auto stieg, verstummte das

Vogelgezwitscher allmählich; eine außergewöhnliche Stille trat ein, eine seltsame Stille, die mir das Gefühl gab, ein unwillkommener Eindringling zu sein.

Ich hätte umkehren sollen, hätte zum Wegweiser zurückfahren und erneut versuchen sollen, die Hauptstraße zu finden. Doch ich tat es nicht. Ich wurde weiter angezogen von dem Tor zwischen den wuchernden Büschen.

Vorsichtig trat ich näher und bemühte mich aus irgendeinem Grund, keinen Lärm zu machen, während ich die niedrigen Äste und das Dornengestrüpp beiseiteschob. Das Tor ließ sich nur halb öffnen, war auf den Scharnieren herabgesunken, sodass ich es nicht weiter aufstoßen konnte und mich durch den Spalt zwängen musste.

Weiteres Dickicht, Rhododendronbüsche, Dornenhecken zwischen Buchen. Der Pfad war vermoost und grasbedeckt, doch hier und da spürte ich Steine unter meinen Sohlen.

Nach etwa hundert Metern kam ich zu einer verfallenen Hütte, die wie die Überreste eines alten Kassenhäuschens aussah. Das Gitter war herabgelassen. Das Dach war vermodert. Ein Kaninchen, seine Blume strahlend weiß in der Düsterheit zwischen den Büschen, hoppelte rasch davon.

Ich ging weiter. Der Pfad wurde breiter und führte nach rechts. Und da war das Haus.

Ein massives Haus im Edwardianischen Stil, breit

und mit einer tiefen Veranda. Eine Reihe flacher Stufen führte zur Eingangstür. Ich musste auf dem Vorhof stehen, einst groß und gut gepflegt – zwischen Unkraut und Gras waren immer noch Überreste von Kies zu erkennen. Zur Rechten des Hauses befand sich ein durch Rosengestrüpp halb verdeckter Rundbogen, in den ein schmiedeeisernes Tor eingelassen war. Ich sah mich um. Das Auto tickte leise, während der Motor abkühlte.

Ich hätte umkehren sollen. Ich musste dringend zurück nach London. Das Haus war verlassen und verfallen. Hier würde ich niemanden finden, der mir den Weg erklären konnte.

Ich trat zum Tor im Rundbogen und spähte hindurch. Außer einem Urwald aus Büschen und Sträuchern, tief hängenden Ästen und der Andeutung eines weiteren Pfades, der im dunkler werdenden Grün verschwand, konnte ich nichts erkennen.

Ich griff nach dem kalten eisernen Riegel. Er ließ sich anheben. Ich drückte. Das Tor klemmte. Als ich mich mit der Schulter dagegenlehnte, gab es ein wenig nach, und von den Scharnieren blätterte Rost ab. Ich drückte fester, und das Tor bewegte sich langsam, schleifte über den Boden, öffnete sich mehr und mehr. Ich zwängte mich hindurch und war drinnen. In einem riesigen, zugewucherten verlassenen Garten. Auf der einen Seite führten Stufen zu der Terrasse und zum Haus.

Ein Ort, den man der Luft und der Witterung, dem Wind, der Sonne, den Kaninchen und den Vögeln überlassen hatte, dem sanften und traurigen Verfall, bis die Steine porös wurden, die Pfade absackten und schließlich verschwanden, die Fensterläden den Regen hereinließen und Vögel im Dach nisteten. Nach und nach würde es in sich zusammenfallen und schließlich im Boden versinken. Wie alt war das Haus? Hundert Jahre? In weiteren hundert Jahren würde nichts mehr von ihm übrig sein.

Ich drehte mich um. Vor mir konnte ich nun kaum noch etwas erkennen. Was auch immer der inzwischen »geschlossene« Garten gewesen sein mochte, hatte sich die Natur zurückgeholt, ihn mit Decken aus Efeu und den langen Ranken der Schlingpflanzen bedeckt, mit Unkraut überwuchert, das Licht und die Luft herausgesogen, sodass nur noch die zähesten Pflanzen wachsen und ihn so erobern und besetzen konnten.

Ich sollte umkehren.

Doch ich wollte mehr herausfinden, wollte mehr sehen. Ohne zu wissen, warum, wollte ich bei vollem Tageslicht wiederkommen, um alles zu sehen, das Verhüllte freizulegen, aufzudecken, was im Verborgenen lag. Den Grund dafür herausfinden.

Vermutlich wäre ich nicht wieder hergekommen. Sobald ich den Weg zur Hauptstraße gefunden hätte, was mir sicherlich gelungen wäre, und schließlich

London und meine gemütliche Wohnung erreicht hätte, wäre das Weiße Haus und das, was ich in der Dämmerung dieses späten Abends gefunden hatte, höchstwahrscheinlich in den Hintergrund meiner Gedanken geraten und über kurz oder lang vergessen worden. Selbst wenn ich noch einmal diesen Weg nahm, hätte ich womöglich nicht wieder hergefunden.

Und dann, als ich in der sich ausbreitenden Stille der einbrechenden Frühlingsdämmerung stand, geschah etwas. Mir ist es ziemlich gleichgültig, ob man mir glaubt oder nicht. Das spielt keine Rolle. Ich weiß es. Das ist was zählt. Ich weiß es, genauso wie ich weiß, dass es am Morgen zuvor auf das Fensterbrett meines Schlafzimmers geregnet hat, da ich vergessen hatte, das Fenster zu schließen. Ich weiß es, genauso wie ich weiß, dass ich am letzten Donnerstag eine Wurzelkanalfüllung bekommen habe und nachts mit starken Schmerzen aufgewacht bin. Ich weiß, dass es geschehen ist, genauso wie ich weiß, dass ich zum Frühstück schwarzen Kaffee getrunken habe.

Ich weiß es, denn wenn ich jetzt meine Augen schließe, spüre ich, wie es wieder geschieht, die Erinnerung daran ist lebendig, und es ist eine körperliche Erinnerung. Mein Körper spürt es, das ist nichts, was sich nur in meiner Phantasie abspielt.

Ich stand auf der dämmrigen, grün erleuchteten Lichtung, und über meinem Kopf wiegte die silberne Mondsichel den Abendstern. Die Vögel waren verstummt. Nicht der geringste Lufthauch war zu spüren.

Und während ich dort stand, spürte ich, wie sich eine kleine Hand in meine Rechte schob, als wäre ein Kind in der Dämmerung zu mir gekommen und hätte sie ergriffen. Die Hand war kühl, die Finger krümmten sich vertrauensvoll in meiner Handfläche und verharrten dort, der kleine Daumen und der Zeigefinger umschlossen meinen Daumen. Reflexhaft beugte ich mich vor, und wir standen dort für einen Augenblick, der aus der Zeit gefallen war, meine Männerhand und die sehr kleine Hand hielten einander so eng umschlossen wie die Hand eines Vaters und die seines Kindes. Aber ich bin kein Vater, und das kleine Kind war unsichtbar.

2

Erst nach Mitternacht erreichte ich London und war sehr müde, doch weil ich das, was geschehen war, so deutlich vor Augen hatte, ging ich nicht ins Bett, bevor ich einige Karten herausgeholt und nachzuvollziehen versucht hatte, welche Straße ich irrtümlich genommen und wo die Nebenstraße war, die zu dem verlassenen Haus und Garten führte. Aber ich konnte nichts entdecken, und meine Karten waren nicht detailliert genug. Ich brauchte verschiedene großformatige amtliche Landvermessungskarten, um auch nur die Hoffnung hegen zu können, ein einzelnes Haus zu lokalisieren.

Kurz vor Tagesanbruch wachte ich aus einem traumlosen Schlaf auf und erinnerte mich an das Gefühl der kleinen Hand, welche die meine ergriffen hatte. Doch das war eine Erinnerung. Die Hand war nicht da, wie sie es im Dämmerlicht jenes seltsamen Gartens gewesen war, dessen war ich mir nun recht sicher. Es war ein himmelweiter Unterschied, wie jedes Mal, wenn ich davon träumte, was ich im Laufe der nächsten Wochen oft tat.

Ich handle mit antiquarischen Büchern und Manuskripten. Im Wesentlichen suche ich im Auftrag von Kunden nach bestimmten Ausgaben, auf Auktionen, bei Privatverkäufen und auch bei anderen Büchermenschen, wenngleich ich von Zeit zu Zeit auch auf Spekulation kaufe, meist mit jemandem im Sinn. Ich besitze kein Ladengeschäft, sondern arbeite von zu Hause aus. Nur selten behalte ich die Ware für längere Zeit und verfüge auch über keinen größeren Lagerbestand von Büchern, die ich irgendwann verkaufen will, denn ich handle im oberen Marktsegment mit Ausgaben im Wert von vielen tausend Pfund. Ich sammle zwar Bücher aus eigenem Interesse und zu meinem Vergnügen, allerdings in viel bescheidenerem Maße und auf eher unorganisierte Art und Weise. Meine Wohnung in Chelsea ist voll davon. Jedes Jahr nehme ich mir vor, die Anzahl meiner Bücher zu halbieren, und jedes Jahr scheitere ich. Für jedes Dutzend, das ich verkaufe oder verschenke, kaufe ich zwanzig neue.

In der Woche nach meiner Entdeckung des Weißen Hauses war ich in New York und Los Angeles. Danach reiste ich nach Berlin, Toronto und zurück nach New York. Ich hatte mehrere wichtige Aufträge und war komplett davon in Anspruch genommen. Doch immer, selbst mitten in einem vollbesetzten Auktionshaus, wenn ich bei einem Kunden war, im Flugzeug oder in einem ausländischen Hotel, immer – egal wie voll mein Kopf auch mit der Angelegenheit war, der ich mich gerade widmete – blieb in einem gewissen Teil von mir die Erinnerung an die kleine Hand gegenwärtig und unmittelbar. Beinahe wie ein Zimmer, in das ich während des Tages für ein oder zwei Augenblicke treten konnte. Darüber war ich keineswegs erschrocken oder beunruhigt. Im Gegenteil, ich fand es seltsam tröstlich.

Sobald meine Reisen und Verpflichtungen erledigt waren, würde ich mich erneut damit befassen, würde zu begreifen versuchen, was mit mir geschehen war, und möglicherweise zu dem Haus zurückkehren, um es zu erkunden und mehr darüber herauszufinden – wer dort gelebt hatte, warum es leer stand. Und ob, falls ich zurückkehrte und dort still stehen blieb, die kleine Hand meine erneut suchen würde.

Auf einem Flughafen, beim Kauf einer Zeitung, hatte ich ein befremdliches Erlebnis. Um mich herum ging es sehr hektisch zu, und während ich in der Schlange stand, schubste mich jemand in Eile von hinten, was mich fast umwarf, und dann, während ich mich noch berappelte, spürte ich, wie eine Kinderhand nach der meinen griff. Doch als ich hinuntersah, erkannte ich, dass es eine echte Hand war, von einem echten kleinen Jungen, der voller Panik nach meiner gegriffen hatte, weil er selbst fast von dem kopflosen Reisenden umgeworfen worden wäre. Innerhalb weniger Sekunden hatte er sich von mir losgemacht und war wieder mit seiner Mutter vereint. Das Gefühl seiner Hand war in gewisser Weise dasselbe gewesen wie das des anderen Kindes, aber auch ganz anders – eher warm als kalt, eher klebrig als seidig. Ich konnte mich nicht erinnern, wann zuletzt ein echtes Kind meine Hand genommen hatte, das musste Jahre zurückliegen. Und doch konnte ich recht deutlich zwischen beidem unterscheiden.

Erst Mitte Juni trat eine Pause zwischen meinen Reisen ein. Ich hatte einige erfolgreiche Wochen hinter mir und unter anderem zwei seltene Bücher aus der Kelmscott Press für meinen Kunden in Sussex erworben, zusammen mit signierten Erstausgaben sämtlicher Romane von Virginia Woolf in einwandfreiem Zustand, fast wie neu und mit Schutzumschlägen. Ich war begeistert, sie gefunden zu haben, und erpicht darauf, sie möglichst bald an ihn zu übergeben. Zwar bin ich gut versichert, doch kein noch so hoher Geldbetrag kann den Verlust oder die Beschädigung solcher Bände ersetzen.

Daher vereinbarte ich, mit den Büchern zu ihm zu fahren.

Im Hinterkopf hatte ich die Idee, mir genug Zeit zu lassen, um mich erneut auf die Suche nach dem Weißen Haus zu machen.

3

Hatte es je einen so herrlichen Juni gegeben wie diesen? Ich hatte schon zu viel vom späten Frühjahr verpasst, doch jetzt befanden wir uns in den berauschenden Tagen lauer Lüfte und frisch erblühter Rosen. Die Bauern waren bei der Heuernte, als ich hinunterfuhr, und der Garten meines Kunden war sattgrün und üppig, die Beete übersät mit Blumen in voller Blüte, Bienen summten, und in der Luft lag der Duft von Geißblatt und frisch gemähtem Gras.

Ich war eingeladen worden, über Nacht zu bleiben, und wir nahmen das Abendessen auf der Terrasse ein, von der aus man in der Ferne das Meer sehen konnte. Sir Edgar Merriman war ein älterer Herr, bescheiden im Auftreten und unermesslich reich. Er hatte eine Schwäche für Bücher und altertümliche wissenschaftliche Instrumente, außerdem besaß er eine Sammlung seltener Spieldosen, die, einmal aufgezogen und in Gang gesetzt, die Abendluft mit ihrem Klang erfüllten.

Wir verweilten im Freien, und die blaugrauen Rauchringe von Sir Edgars Zigarre stiegen auf, hielten die Insekten fern, während sich der würzige Geruch mit dem der Lilien und Levkojen in den umliegenden Beeten mischte. Seine Frau Alice saß bei uns, eine kleine, grauhaarige Frau mit sanfter Stimme und einer Schüchternheit, die ich höchst anziehend fand.

Irgendwann kam der Diener, um Sir Edgar ans Telefon zu bitten, und während seine Frau und ich in der einbrechenden Dämmerung beieinandersaßen und die Nachtfalter um die Lampe schwirrten, kam mir die Idee, sie nach dem Weißen Haus zu fragen. Kannte sie es? Könnte sie mir den Weg dorthin beschreiben?

Sie schüttelte den Kopf. »Ich habe noch nie davon gehört. Wie weit ist es denn von hier entfernt?«

»Das ist schwer zu sagen … Ich hatte mich hoffnungslos verfahren. Vielleicht eine Fahrt von fünfundvierzig Minuten? Könnte auch ein bisschen länger gewesen sein. Ich habe eine Nebenstraße genommen, die ich zu kennen glaubte, doch das war nicht der Fall.«

»Auf dem Land gibt es so viele Straßen, die nicht beschriftet sind. Wir kennen uns in der Umgebung gut aus, aber für die Unachtsamen werden sie zur Falle. Ich fürchte, ich kann Ihnen nicht helfen. Warum möchten Sie denn noch einmal dorthin, Mr Snow?«

Ich kannte die beiden seit vier oder fünf Jahren und hatte bereits ein oder zwei Mal bei ihnen übernachtet, aber für mich blieben sie immer Sir Edgar und Lady Merriman, und ich war immer Mr Snow, nie Adam. Das gefiel mir.

Ich zögerte. Was sollte ich auch sagen? Dass ein verlassenes und halb verfallenes Haus und ein verwildeter Garten auf mich eine Anziehung ausgeübt, mich beinahe verzaubert hatten und ich sie daher genauer erforschen wollte? Dass es mich wieder dorthin zog, weil … wie hätte ich ihr von der kleinen Hand erzählen sollen?

»Oh – Sie wissen ja, welch seltsame Anziehung von manchen alten Häusern ausgeht. Und ich könnte mir vorstellen, mich eines Tages auf dem Land zur Ruhe zu setzen.«

Sie schwieg, und nach einem Moment kehrte ihr Mann zurück, worauf sich das Gespräch wieder um Bücher drehte und um die Frage, was er als Nächstes zu erwerben gedachte. Sein Geschmack war breit gefächert, und er machte die ungewöhnlichsten Vorschläge. Ich fühlte mich von ihm stets herausgefordert, immer in Trab gehalten. Er war ein spannender Kunde, weil ich nie vorausahnen konnte, worauf er es abgesehen hatte.

»Wissen Sie«, fragte er jetzt und reichte mir den Dekanter, »ob jemals wieder eine First Folio von Shakespeare zum Verkauf angeboten wird?«

Ich stieß beinahe mein Weinglas um.

Eine halbe Stunde später erhoben wir uns, um hineinzugehen, wenngleich die Luft immer noch warm war. Ich war voller Enthusiasmus, nur gebremst durch die Gewissheit, dass ich keine First Folio für Sir Edgar finden würde. Doch allein die spekulative Unterhaltung ließ mich sein Vermögen neu überdenken.

Als ich den beiden eine gute Nacht wünschte, sagte Lady Merriman plötzlich: »Ich glaube, ich weiß es, Mr Snow. Ich glaube, ich habe die Antwort. Geben Sie mir bitte einen kurzen Moment.« Sie verließ den Raum, und ich hörte ihre Schritte auf der Treppe nach oben und weiter in den Tiefen des Hauses.

Ich setzte mich auf einen niedrigen Sessel nahe der geöffneten Terrassentür. Die Lampe war gelöscht, und ein leichter Ölgeruch ging von ihr aus. Der Himmel war übersät mit Sternen.

Ich fragte mit leiser Stimme: »Wer *bist* du?« Denn ich hatte das seltsame Gefühl, dass jemand in meiner Nähe war. Aber natürlich war da niemand. Ich war allein, und es war friedvoll und ruhig.

Schließlich kehrte Lady Merriman zurück und hielt etwas in der Hand.

»Entschuldigen Sie, Mr Snow. Das, wonach wir suchen, ist immer gerade irgendwo anders hingelegt worden. Doch das hier könnte Ihnen vielleicht helfen. Mir fiel es ein, als wir nach dem Dinner dort draußen saßen – das Haus. Der Name, den Sie mir nannten, das Weiße Haus, sagte mir nichts, weil es bei allen Ortsansässigen stets nur als Denny's Haus bekannt war – es steht etwa zwanzig Meilen von hier, aber auf dem Land ist das keine Entfernung, wie Sie wissen.«

Sie nahm Platz.

»Sie hätten sich nicht so viel Mühe machen sollen. Das war nur eine vorübergehende Laune. Ich weiß jetzt schon nicht mehr, warum es mich so beschäftigt hat.«

»Hier ist ein Artikel darüber. Die Zeitschrift ist ziemlich alt. Wir heben viel zu viel auf, und ich habe noch einen ganzen Stapel davon. Das Haus wurde als Denny's Haus bekannt, weil es Denny Parsons gehörte. Sagt Ihnen der Name etwas?«

Ich schüttelte den Kopf.

»Wie schnell man Dinge vergisst«, sagte sie. »Hier drin werden Sie alles über Denny Parsons und den Garten finden.« Sie reichte mir eine wohl vierzig Jahre alte Ausgabe von *Country Life*. »Irgendetwas ist dort vorgefallen, doch alles wurde vertuscht. Mehr weiß ich leider nicht. Bleiben Sie so lange, wie Sie möchten, Mr Snow, aber mich müssen Sie entschuldigen, ich werde zu Bett gehen.«

Ich trat für einen kurzen Moment hinaus auf die Terrasse. Alles hatte sich zur Ruhe begeben, die Sterne funkelten, und ich meinte, ein schwaches Rauschen von Meereswellen zu hören, die sich auf dem Kies brachen.

In meinem Zimmer setzte ich mich neben das offene Fenster, durch das der süße Geruch des Gartens hereindrang, und las, was Lady Merriman für mich gefunden hatte. Der Artikel handelte von einem bemerkenswerten und »bedeutsamen« Garten, der von Mrs Denisa – offensichtlich besser bekannt als Denny – Parsons beim Weißen Haus angelegt worden war. Der Beitrag enthielt auch Fotos von der Gestalterin, wie sie über Rasenflächen schritt, auf diesen oder jenen Strauch deutete, in die Bäume hinaufschaute. Zudem eine jener weichgezeichneten schwarz-weißen Porträtaufnahmen, die in Zeitschriften aus dieser Zeit beliebt waren, von Mrs Parsons in Twinset und mit Perlenkette, einen Strauß Rittersporn in der Hand, eher unbeholfen, als wüsste sie nicht genau, was sie mit dem Strauß machen sollte. Durch die Weichzeichnung wirkte sie pudrig und ausdruckslos, man konnte jedoch eine gut aussehende Frau mit einem starken Charakter erahnen.

Ihre Geschichte verlief offenbar geradlinig. Plötzlich verwitwet, mit zwei Kindern im Alter von neun und elf Jahren, hatte sie beschlossen, aus den Vororten von Surrey aufs Land zu ziehen. Als sie das Weiße Haus entdeckte, stand es leer, umgeben von einer zugewucherten Wildnis, aus der sie nach und nach das gemacht hatte, was in dem ehrfurchtsvollen Artikel als »einer der großartigsten Gärten unserer Zeit« bezeichnet wurde.

Dann folgte eine ausführliche Beschreibung von Rabatten, Wegen und Alleen, Theater- und Knotengärten, von Springbrunnen und Wasserfällen und an kaskadenförmigen Bachläufen angelegten Waldgärten, mit Listen von Blumen und Büschen, Pflanzplänen, Diagrammen und drei Seiten Fotos. Das sah sicherlich ganz prachtvoll aus, aber ich bin kein Gärtner und kann daher die relative »Bedeutsamkeit« von Mrs Parsons' Garten nicht beurteilen.

Die Anlage war sehr bekannt geworden. Nicht nur Menschen aus der Umgebung besuchten sie, sondern sogar aus anderen Ländern. Zur Zeit der Veröffentlichung des Artikels war der Garten »tagsüber von Mittwoch bis Sonntag für einen Eintrittspreis von einem Schilling und sechs Pence geöffnet«.

Die Lobhudelei setzte sich fort, und ich überflog einige der eher gartenbaulichen Absätze. Aber ich wollte mehr erfahren. Ich wollte wissen, was danach passiert war. Mrs Parsons hatte ein halb verfallenes Haus inmitten eines Urwalds gefunden. Das Haus auf den Fotos wirkte stattlich und in gutem Zustand, mit sauber geharktem Kies und gemähtem Rasen, frisch gestrichen, mit geöffneten Fenstern, aus denen im oberen Stockwerk ein heller Vorhang hübsch im Wind flatterte.

Doch der Kreis hatte sich geschlossen. Als ich das Haus und den Garten gefunden hatte, waren sie erneut verlassen und verfallen gewesen. In den Jahren direkt nach dem Krieg war es vielen Landhäusern so ergangen, in der heutigen Zeit war es jedoch eher ungewöhnlich.

Ich war nicht an den Freuden von Blumenrabatten und Lindenflechthecken interessiert. Das Haus auf den Fotos war stattlich, doch ich hatte es leer gesehen, halb dem Wind und den Vögeln überlassen, und es zog mich an, wie mich etwas Sonniges und gut Erhaltenes nie angezogen hätte.

Ich legte die Zeitschrift auf den Tisch. Dinge ändern sich schließlich, dachte ich, die Zeit hat ihre Spuren hinterlassen, Häuser werden verlassen, und manchmal holt sich die Natur das zurück, was wir uns zu eigen gemacht haben. Das Weiße Haus und der Garten waren wiederauferstanden und hatten einen kurzen Moment im Sonnenschein erlebt, aber ihre Zeit war nun vorbei.

Doch als ich die Lampe ausschaltete und dem sanften Rauschen des Meeres lauschte, wusste ich, dass ich noch mal dorthin fahren würde. Ich musste mehr herausfinden. An dem Garten und dem Haus war ich nicht sonderlich interessiert. Ich wollte mehr über die Frau erfahren, die es gefunden und gerettet hatte, um es sich dann anscheinend wieder aus den Fingern gleiten zu lassen. Aber am meisten wollte ich natürlich wegen der kleinen Hand zurückkehren.

Hatte Denny Parsons da in der einbrechenden Dämmerung gestanden, auf das von dieser grünen

Wildnis umgebene Haus geschaut und, während sie Pläne schmiedete, gespürt, wie sich die unsichtbare kleine Hand in die ihre schob?

4

Mehrere Wochen lang geschah nichts im Zusammenhang mit den Merrimans oder jenem Teil der Welt, in dem sie lebten und ich auf das Weiße Haus gestoßen war. Meine Geschäfte verliefen schleppend. Das geschieht hin und wieder und sollte mich nicht beunruhigen, doch nach einiger Zeit ohne irgendwelche Anfragen meiner Kunden oder Telefonanrufe wegen möglicher Kostbarkeiten werde ich nervös und gereizt. Wenn die Flaute länger anhält, beginne ich zu überlegen, ob ich eine meiner wenigen eigenen Kostbarkeiten verkaufen muss, überzeugt davon, dass der Markt zusammengebrochen ist und ich nie wieder tätig werden kann. Immer wenn das passiert, erinnere ich mich daran, dass sich die Dinge schließlich zum Guten gewendet haben, doch ich bin offenbar unfähig, aus der Erfahrung zu lernen.

Natürlich blieb ich nicht vollkommen untätig. Ich kaufte und verkaufte ein oder zwei Gesamtausgaben, einschließlich einer Erstausgabe von Thomas Hardy, und überlegte sogar, ob ich auf die Anfrage eines amerikanischen Sammlers eingehen sollte, für ihn sämtliche James-Bond-Erstausgaben zu finden, neuwertig und mit Schutzumschlag, Preis nebensächlich. Das ist nicht mein Gebiet, doch ich begann halbherzig herumzufragen, wobei ich wusste, dass ich vermutlich der hundertste Händler war, den der Mann beauftragt hatte, und sicherlich der am wenigsten geeignete.

Der Sommer wurde langweilig. London leerte sich. Ich dachte halbherzig darüber nach, Freunde in Seattle zu besuchen.

Und dann geschahen zwei Dinge am selben Tag.

Mit der Post bekam ich einen Umschlag, der eine Karte und einen alten Zeitungsausschnitt enthielt.

Mr Snow,

ich habe diesen Artikel über das Haus ausgegraben, Denny's Haus, auf das Sie per Zufall gestoßen sind, als Sie sich im Juni auf dem Rückweg von uns verfahren haben. Ich dachte mir, dass Sie vielleicht noch daran interessiert sind, weil darin eine kleine Geschichte erzählt wird. Ich bin mir sicher, dass es noch mehr gibt, und falls mir etwas einfällt oder ich erneut davon lese, werde ich es Sie wissen lassen. Bitte werfen Sie den Artikel weg, wenn es Sie nicht mehr interessiert. War nur ein Gedanke.

Beste Grüße,
Alice Merriman

Ich schenkte mir eine zweite Tasse Kaffee ein und griff nach dem vergilbten Zeitungsausschnitt.

Er zeigte das Foto einer Frau, die ich als Denisa Parsons identifizierte; sie stand mit einem jüngeren Mann neben einem großen Wasserbecken. In der Mitte des Beckens war eine Bronzestatue zu sehen, auf die sie mit der leicht gekünstelten Weise aller gestellten Aufnahmen schauten. Die Statue stellte einen Jungen dar, der mit einem Delfin und einem goldenen Ball spielte und sich sehr anmutig über die stille Wasseroberfläche erhob, auf der ein oder zwei Seerosen schwammen. Fische mag es auch gegeben haben, aber es war keiner zu sehen.

Die Zeitungsnotiz war kurz. Die Statue war von Denisa Parsons in Auftrag gegeben worden, zum Gedenken an ihren Enkel James Harrow, der ertrunken war, was nur als »ein tragischer Unfall« erwähnt wurde. Der Mann neben ihr war der Bildhauer, dessen Name mir nichts sagte, und die Statue stand jetzt in »Mrs Parsons' international berühmtem Garten des Weißen Hauses«. Das war alles, bis auf ein paar Zeilen über weitere Arbeiten des Bildhauers.

Ich sah mir das Foto eine Zeit lang an, konnte aber nichts in den Gesichtern mit dem aufgesetzten Lächeln lesen, und obwohl die Statue auf mich einen anmutigen Eindruck machte, maße ich mir nicht das Urteil eines Kritikers an.

Ich legte den Ausschnitt in meine Schreibtischschublade, schrieb Lady Merriman eine Dankespostkarte und vergaß die ganze Angelegenheit, denn mit derselben Post hatte ich einen Brief von einem alten Freund aus der Bodleian Library bekommen, in dem er mir mitteilte, Neuigkeiten über eine First Folio von Shakespeare zu haben, die möglicherweise zum Verkauf stünde. Wenn ich mich mit ihm in Verbindung setzen wolle …

Eine Viertelstunde später saß ich im Taxi zum Bahnhof Paddington, um den nächsten Zug nach Oxford zu nehmen.

5

Ich habe seit … wie lange, fünf Jahren? … keine längere Mittagspause mehr gemacht. Daher gönne ich mir heute eine.«

Das überraschte mich nicht. Ich habe weltweit etliche Bibliothekare kennengelernt, aus großen Bibliotheken und in führenden Positionen, und bei keinem von ihnen wäre mir je in den Sinn gekommen, dass sie lange Mittagspausen machten, wenn überhaupt eine. Das ist nicht ihre Art. Daher war ich froh, als Fergus McCreedy, einer der ranghöchsten Bibliothekare an der Bodleian, mir vorschlug, zum Mittagessen in die Old Parsonage zu gehen. Der Tag war strahlend schön und sommerlich warm, und Oxford war, wie immer, übervoll. Doch im August sind andere Menschenmengen unterwegs. Touristengruppen trotten hinter ihren Fremdenführern her, die rote Schirme oder einen Puschel an einem Stock hochhalten, um keines ihre Schäfchen zu verlieren, und auf den Fahrrädern fahren keine Studenten, sondern Sprachschüler. Ansonsten ist Oxford eben Oxford. Ich genieße es immer aufs Neue, in meine alte Studienstadt zurückzukehren, solange ich nicht mehr als ein paar Tage dort verbringen muss. Oxford hat etwas an sich, das mir das Gefühl gibt, alt zu sein.

Fergus wirkt nie alt. Fergus ist alterslos. Er wird noch mit neunzig aussehen wie an dem Tag unseres Kennenlernens, als wir beide achtzehn waren, in unserer ersten Woche am Balliol. Er hat Oxford nie verlassen und wird es auch nicht tun. Fergus ist mit Helena verheiratet, einer Professorin und weltbekannten Expertin für bestimmte Aspekte der frühen islamischen Kunst. Sie leben in einem kleinen, gepflegten Haus an einem von der unteren Woodstock Road abgehenden Sträßchen und verbringen ihren Urlaub in Ländern wie Jordanien und Turkmenistan. Die beiden haben keine Kinder, doch sollten sie jemals welche bekommen, würden diese Kinder, wie so viele von Akademikern aus Oxford, bereits alt geboren werden.

Ich hatte Fergus seit einigen Jahren nicht mehr gesehen. Demnach hatten wir uns, auf dem Weg zum Mittagessen und während wir unser erstes Glas Wein an einem ruhigen Tisch im gemütlichen Speisezimmer der Old Parsonage genossen, genügend zu erzählen. Doch als unsere Krebsfleischvorspeise serviert wurde, sprach ich Fergus auf seinen Brief an.

»Wie du weißt, habe ich einen sehr guten Kunden, der mich in den letzten Jahren vor einige große Herausforderungen gestellt hat. Für gewöhnlich habe ich gefunden, was er haben wollte – er ist ein sachkundiger Büchersammler. Mit ihm zu arbeiten, ist ein Vergnügen.«

»Also keiner von diesen ›Besorgen Sie mir irgendwas, Hauptsache, es kostet ein Vermögen‹.«

»Absolut nicht. Ich weiß nicht, wie vermögend er sein mag oder wie er zu seinem Geld gekommen ist, aber das ist auch nicht wichtig, Fergus, weil er seine Bücher liebt. Er ist ebenso Leser wie Sammler. Er weiß zu schätzen, was ich für ihn finde. Ich muss zwar meinen Lebensunterhalt verdienen, und Geld ist Geld, doch es gibt solche, für die zu arbeiten ich mich kaum überwinden kann.«

Das war mein Ernst. Ich hatte ein paar schreckliche Jahre in den Diensten eines russischen Oligarchen gestanden, der sich für ein Buch nur dann interessierte, wenn es als äußerst selten und äußerst kostspielig galt, und der noch nicht einmal die Lieferung dessen, was ich für ihn gefunden hatte, persönlich in Empfang nehmen wollte. Alles ging direkt in einen Banktresor.

»Und dieser Mann möchte also eine First Folio.«

Unser kaltes Roastbeef mit neuen Kartoffeln und Spargelsalat wurde serviert, und wir bestellten ein zweites Glas Fleurie.

»Ich habe ihm gesagt, das sei so gut wie unmöglich. Alle Ausgaben befinden sich in Bibliotheken.«

»Wir haben drei«, erwiderte Fergus. »Die Folger hat um die achtzig. Getty hat natürlich vor einigen

Jahren eine gekauft – die wurde von einem unserer eigenen Colleges verkauft.«

»Oriel. Ja. Eine Schande!«

Fergus zuckte mit den Schultern. »Sie brauchten das Geld dringender als das Buch. Ich kann das verstehen. Eine kleine Privatbibliothek in London mit einer hauptsächlich theologischen Sammlung, die Dr. William's Library, hat ihre Ausgabe vor etwa einem Jahr für zweieinhalb Millionen verkauft. Damit subventionieren sie den Rest ihrer Sammlung und retten ihr Bestehen für eine absehbare Zeit. Da muss man abwägen.«

»Wenn du eine First Folio hättest, würdest du sie verkaufen?«

Fergus lächelte. »Diejenige, die ich als mögliches Verkaufsobjekt im Sinn habe, gehört weder mir noch der Bodleian.«

»Ich dachte, dass der Verbleib jeder der etwa 230 Ausgaben geklärt sei.«

»Fast jeder. Einige Jahre lang dachte man, dass es, abgesehen von denen in Bibliotheken und Colleges sowie einigen in Privatbesitz, noch irgendwo in Indien eine weitere First Folio gebe. Doch beinahe durch Zufall und durch das Verfolgen einiger Hinweise glaube ich entdeckt zu haben, dass dem nicht so ist.«

Er nahm sich noch etwas Salat. Der Raum hatte sich gefüllt. Ich blickte auf die Wände, an denen eine außerordentliche Vielfalt von Bildern hing, Ölgemälde und Aquarelle, an manchen Stellen fünf übereinander – keines von größerem Wert, doch jedes einzelne hatte seine Vorzüge und seinen Charme. Die Sammlung wertete den gemütlichen Raum beträchtlich auf.

»Die Folio wurde mir gegenüber beiläufig erwähnt«, fuhr Fergus fort. »Ich stand mit einem deutschen Kollegen im E-Mail-Austausch über etwas vollkommen anderes, dem wir seit Langem auf der Spur sind – nämlich ein mittelalterliches Manuskript. Im Verlauf der Korrespondenz erwähnte Dieter eher am Rande so etwas wie ›Die wissen noch nicht mal, was sie alles besitzen, einschließlich einer First Folio von Shakespeare‹.«

»Die?«, fragte ich.

Fergus erhob sich. »Sollen wir unseren Kaffee auf der Terrasse trinken? Die Sonne ist wieder herausgekommen.«

An dem Tisch unter der breiten Markise waren wir etwas geschützt vor dem Verkehrslärm der Banbury Road, und der Kaffee war ausgezeichnet.

Fergus nahm drei Schlucke von seinem doppelten Espresso. »Hast du jemals vom Kloster Saint Mathieu des Étoiles gehört?«

»Ich wusste nicht mal, dass es einen Heiligen mit diesem Namen gibt.«

»Den kennen nicht viele. Er ist ziemlich obskur, obwohl ihm in Frankreich einige Kirchen geweiht sind, doch soviel ich weiß, trägt nur ein Kloster seinen Namen. Zisterzienser, ein klausurierter Schweigeorden und sehr abgelegen, ein wenig wie La Grande Trappe – hoch oben in den Bergen und Wäldern, wie aus der Zeit gefallen. Im Winter kann es vollkommen von der Außenwelt abgeschnitten sein. Etwa sechs Meilen entfernt liegt ein Dorf, doch ansonsten ist es von der Zivilisation so entlegen, wie man in Westeuropa vermutlich nur sein kann. Oh, und sie halten auch die Tradition wundervoller geistlicher Musik aufrecht. Wenige Menschen kommen dorthin – wegen der Musik, zur inneren Einkehr –, und das Kloster hält erstaunlichen Kontakt mit dem, was man unsere Welt nennen könnte.«

»Das gilt für die meisten Klöster«, sagte ich. »Ich kenne eins in den Appalachen – so abgelegen, wie man sich nur vorstellen kann, aber sie haben Internet.«

»Wenn man darüber nachdenkt, entspricht die stumme E-Mail den Regeln sehr viel mehr als das Telefon. Wie dem auch sei, vor einigen Jahren hatte ich das Glück, Saint Mathieu besuchen zu können. Die Mönche besitzen eine der umfangreichsten, ältesten und besterhaltenen klösterlichen Bibliotheken der Welt. Sie verdienen ihren Lebensunterhalt unter anderem mit der Buchrestauration und dem Neubinden für andere Bibliotheken. Wir haben uns ihrer Fähigkeiten gelegentlich bedient. Du fragst dich, was das alles mit dir zu tun hat? Noch einen Kaffee?«

Wir bestellten. Mit dem Ende der Mittagszeit leerte sich die Terrasse allmählich.

»Das Kloster benötigt, wie so viele, Geld für Reparaturen. Wenn Gebäude aus dem zwölften Jahrhundert stammen, nutzen sich Dinge allmählich ab. Das ist kein reicher Orden, und mit ihrer Arbeit halten sie sich über Wasser, aber für Rücklagen reicht es nicht. Die Fresken in der Kapelle und das Dach über dem großen Kapitelhaus müssen dringend repariert werden, und obwohl die Mönche einige der Arbeiten selbst übernehmen werden, können sie nicht alles bewerkstelligen. Sie verfügen nicht über die entsprechenden Kenntnisse, und außerdem sind viele von ihnen in den Siebzigern oder älter. Also haben sie nach großen Schwierigkeiten die Erlaubnis erhalten, einige ihrer Schätze zu verkaufen – vor allem Dinge, von denen man nicht weiß, wie sie dorthin kamen, und die in einem Zisterzienserkloster eher selten zu finden sind. Zum Beispiel besitzen sie aus irgendwelchen unerklärlichen Gründen ein oder zwei frühe islamische Schriften.«

»Ah – und so kommt Helena ins Spiel.«

»Genau. Wie wir auch. Darüber hinaus haben sie zwei mittelalterliche Manuskripte – zum Beispiel einen Ælfric und einen Gilbert of Hoyland. Von beiden wurde angenommen, dass es weltweit nur eine oder möglicherweise zwei Kopien gäbe, doch wie sich herausstellte, besitzt Saint Mathieu wunderbare Exemplare. Sie müssen nur ein paar Dinge verkaufen, um alle Reparaturen und Nachbauten bezahlen zu können und über ausreichende Rücklagen für künftige Schäden zu verfügen. Dort oben sind sie ziemlich unwettergefährdet, abgesehen von allem anderen. Sie müssen sich zukünftig gegen extreme Wintereinbrüche schützen.«

»Recht ungewöhnlich, dass solche Dinge auf den Markt kommen, Fergus. Was haben sie noch? Klingt ja, als sollte ich ins nächste Flugzeug steigen.«

Er hob die Hand. »Nein. Genau dieser ›Markt‹ ist es, der nichts davon erfahren soll. Sie haben unter dem Siegel absoluter Verschwiegenheit mit uns Kontakt aufgenommen. Ich dürfte eigentlich nicht mal mit dir reden, also wäre ich dir verbunden, wenn du ebenfalls Stillschweigen darüber bewahrst.«

Ich war verstimmt. Warum erzählte er es mir überhaupt, wenn mir die Hände gebunden und meine Lippen versiegelt wären?

»Mach nicht so ein Gesicht.« Fergus sah mich verschmitzt an. »Ich habe es niemand anderem gegenüber erwähnt und gedenke das auch nicht zu tun – abgesehen davon ergäbe es auch keinen Sinn. Aber die Sache ist, dass sie eine First Folio von Shakespeare haben – vermutlich die, von der angenommen wurde, sie sei irgendwo in Indien. Das ist nie richtig nachgewiesen worden, und meiner Ansicht nach befindet sie sich auch nicht in Indien, sondern im Kloster von Saint Mathieu des Étoiles.«

»Wie um alles in der Welt haben sie die erworben?«

Er zuckte mit den Schultern. »Wer weiß? Wenn in der Vergangenheit reiche junge Männer als Postulanten einem Kloster beitraten, war es üblich, dass ihre Familien eine Art Mitgift bezahlten, die in manchen Fällen aus Kunstschätzen, seltenen Büchern oder Ähnlichem bestanden, wie auch aus Geldbeträgen. So ist es vermutlich in diesem Fall geschehen.«

»Wissen sie, was sie da haben?«

»Durchaus. Sie sind keine Dummköpfe oder Naivlinge. Und sie lassen sich sicherlich nicht übers Ohr hauen. Nein, ich weiß, das würdest du nie tun, Adam, aber wie in jedem Gewerbe gibt es auch in deinem Scharlatane.«

»Wie nett von dir, es ›mein‹ Gewerbe zu nennen.«

»Ach, schau mich nicht so an.« Fergus schmunzelte. »Ich bin nur ein einfacher Bibliothekar.« Er erhob sich. »Ich habe meine Mittagspause weit genug ausgedehnt. Kommst du mit zurück in die Stadt?«

Nachdem er die Rechnung bezahlt hatte, traten wir durch das Tor und gingen in Richtung St Giles Street.

»Die Sache ist«, sagte Fergus, »dass manches von dem, was sie möglicherweise verkaufen, nach Amerika gehen wird. Wir in diesem Land haben einfach nicht das Geld. Ich bin mit einigen privaten Spendern im Gespräch, habe aber wenig Hoffnung – sie werden von Gott und der Welt angefragt. Warum sollten sie uns zu einem einzigen mittelalterlichen Manuskript von unschätzbarem Wert verhelfen, wenn sie einen Krankenhausflügel bauen oder einen Lehrstuhl für medizinische Forschung stiften könnten? Ich kann es ihnen nicht verübeln. Wir besitzen bereits First Folios. Genau wie andere Bibliotheken. Keine von uns braucht eine weitere. Aber du hast einen Kunden, der es sich vermutlich leisten kann, drei oder vier Millionen auszugeben, um das zu bekommen, was er möchte.«

»Er hätte es mir gegenüber nie erwähnt, wenn er nicht wüsste, wie unwahrscheinlich es wäre, dass ich sie für ihn beschaffen könnte, wie viel sie kosten würde, falls es mir doch gelänge, und dass er sie sich leisten kann. Er ist ein Gentleman.«

»Ah, einer von denen. Soll ich mich mit dem Kloster in Verbindung setzen und ein oder zwei diskrete Fragen stellen? Ich werde deinen Namen nicht erwähnen oder irgendwas in der Art – und ich muss mich behutsam vortasten. Ich glaube, ich weiß jetzt, wie man mit ihnen umgehen muss, aber ich will nicht über sie herfallen, sonst lassen sie sofort das Fallgatter herunter.«

»Und wenden sich im Nu an die Huntington Library.«

Fergus kniff die Lippen zusammen. Ich lachte.

»Ihr fallt einander genauso in den Rücken wie wir Händler«, sagte ich. »Aber ich danke dir, Fergus. Und natürlich, leg ein gutes Wort für mich ein. Gleich wie.«

»Ja«, erwiderte er. »›Rufen Sie uns nicht an‹ und all das.«

Wir trennten uns vor der Bodleian. Fergus stieg in seinen Horst hinter der Duke Humfrey Library, während ich in Richtung High Street ging. Der Tag war jetzt wunderschön, die Luft klar und warm, ein paar Wolken wie Rauchringe hoch am Himmel. Zurück nach London gab es genügend Züge, aber ich war nicht in Eile und beschloss, zu einem meiner ehemaligen Lieblingsorte zu gehen, dem Botanischen Garten, der sicherlich Oxfords bestgehütetes Geheimnis ist.

6

Ich trat durch das große Tor und schlenderte die breite Allee entlang, schaute mich voller Freude um und erinnerte mich an die vielen glücklichen Stunden, die ich hier verbracht hatte. Doch der größte Teil meiner Gedanken galt dem Zisterzienserkloster von Saint Mathieu des Étoiles und dessen Bibliothek, wie auch der Möglichkeit, ein sehr seltenes Buch zu erwerben. Ich wusste, dass ich mit keinem Wort erwähnen durfte, was Fergus mir erzählt hatte, weder gegenüber Sir Edgar Merriman noch gegenüber irgendjemandem sonst. Ich war kein Dummkopf, und außerdem wollte ich Fergus beweisen, dass nicht alle Händler antiquarischer Bücher Scharlatane sind. Auch wenn ich mir sicher war, dass er das halb im Spaß gesagt hatte. Er kannte mich gut genug.

Ich überlegte, wie lange es wohl dauern würde, bis er sich in seiner Korrespondenz mit dem Kloster – vermutlich per E-Mail, wie er angedeutet hatte – zur Erwähnung der First Folio vortastete. Wahrscheinlich nicht allzu lange. Vielleicht würde ich schon in wenigen Tagen erfahren, ob es mit dem Geschäft vorwärtsging oder die Sache im Keim erstickt wurde. Mir blieb nichts anderes übrig, als zu warten.

Ich hatte den großen runden Seerosenteich erreicht, der an der Kreuzung mehrerer Wege lag. Auf den Bänken, die in einem Halbkreis um den Teich standen, saßen einige Leute und genossen den Sonnenschein. Eine Frau las ein Buch, eine andere strickte. Neben einer jüngeren stand ein Kinderwagen, in dem ein Baby schlief.

Ich setzte mich an den Rand einer Bank, in Gedanken nach wie vor bei der Folio, doch während ich da saß, geschah etwas. Beschreiben lässt es sich nur schwer, wenngleich es mir leichtfällt, mich daran zu erinnern. Ich hatte nie zuvor ein solches Gefühl erlebt und kann es nach wie vor spüren.

Ich sollte noch einmal betonen, wie entspannt ich war. Gerade hatte ich gut gegessen mit einem alten Freund, der mir eine unter Umständen sehr aufregende Information hatte zukommen lassen. Ich befand mich in einer meiner Lieblingsstädte, an die ich nur gute Erinnerungen habe. Die Sonne schien. Die Welt war rundherum in Ordnung.

Die junge Frau mit dem Kinderwagen stand auf, sah nach dem Baby und schlenderte zurück zum Haupteingang, sodass nur die Lesende, die Strickende und ich an dem erhöhten Steinteich zurückblieben, in dem das stille Wasser dunkel schimmerte.

Und in diesem Moment überkam mich eine entsetzliche Angst. Das war keine Angst vor irgendetwas, es war einfach Angst, Angst und Grauen, als stiege eine Kälte in meinem Körper auf, die meine Brust ergriff, sodass ich befürchtete, nicht mehr atmen zu können, und die meine Gesichtsmuskeln erstarren ließ. Ich spürte, wie mein Herz im Brustkorb hämmerte, und seine Schläge dröhnten mir in den Ohren. Mein Mund war trocken, die Zunge klebte mir am Gaumen. Meine Oberlippe und mein Kiefer, mein Hals, die Schultern und meine gesamte linke Seite waren wie in einen Schraubstock eingeklemmt, und für einen Sekundenbruchteil glaubte ich, einen Herzinfarkt zu erleiden, nur empfand ich keinen Schmerz. Nach ein oder zwei Sekunden lockerte sich der Griff ein wenig, wobei mir das Atmen immer noch schwerfiel. Ich stand auf, schnappte nach Luft und fühlte, wie mein Körper, der wie erfroren gewirkt hatte, von Hitze durchströmt wurde und ich zu schwitzen begann. Ich war von Angst erfüllt. Aber wovor, wovor? Nichts war passiert. Ich hatte nichts gesehen, nichts gehört. Der Tag war so sonnig wie zuvor, die kleinen weißen Wolken segelten unbekümmert über den Himmel, und ein oder zwei spiegelten sich auf der Oberfläche des stillen Teichs.

Und dann spürte ich noch etwas anderes. Mich überkam ein überwältigender Drang, an den Teich zu treten, mich an die steinerne Umrandung zu stellen und ins Wasser zu schauen. Ich verstand, was da mit mir geschah. Vor einigen Jahren hatte Hugo, mein sechs Jahre älterer Bruder, einen Nervenzusammenbruch gehabt, von dem er sich erst nach einigen Jahren erholte. Er hatte mir erzählt, dass in den Wochen, bevor er gezwungen war, medizinische Hilfe zu suchen, und sich dann sogar in eine Klinik einweisen ließ, das schlimmste der vielen beängstigenden Erlebnisse der überwältigende Drang gewesen war, sich vom Bahnsteig einer U-Bahn-Station vor einen Zug zu werfen. Als er aus Angst, diesem Drang nachzugeben, überallhin zu Fuß gegangen war, hatte er das Gefühl gehabt, sich von der Bordsteinkante in den fließenden Verkehr stürzen zu müssen. Er blieb zu Hause, nur um erneut überwältigt zu werden, diesmal von dem Drang, aus dem Fenster zu springen.

Und nun passierte mir genau dasselbe. Ich hatte das Gefühl, von einer Macht außerhalb meiner selbst getrieben zu werden. Und diese Macht wollte, dass ich mich kopfüber in den großen, tiefen Teich stürzte. Während ich den Stoß von hinten wahrnahm, spürte ich gleichzeitig eine starke, magnetische Kraft, die mich vorwärtszog. Dieses Ziehen kam anscheinend aus dem Teich selbst, und zwischen diesen beiden Kräften war ich vollkommen machtlos. Ich glaube, ich war nur Sekundenbruchteile davor, mich in das dunkle Wasser zu stürzen, als die strickende Frau plötzlich hochschreckte, um eine Wespe zu verscheuchen. Ihre Bewegung brach den Bann, und alles an mir entspannte sich, die Macht schrumpfte zusammen, und ich stand mitten auf dem Weg, vielleicht einen Meter vom Teich entfernt. Ein Paar kam Hand in Hand auf mich zu. Ein Kleinflugzeug knatterte über mir. Ein leichter Wind kam auf.

Nur ganz allmählich sickerte die Angst aus mir heraus, wobei ich aufgewühlt und benommen blieb, daher trat ich zurück und setzte mich auf die Bank, um wieder zu mir zu kommen.

Ich blieb vielleicht noch zwanzig Minuten. So lange dauerte es, bis ich mich beruhigt hatte. Während ich da im Sonnenlicht saß, dachte ich an Hugo. Bis jetzt hatte ich nie richtig verstanden, wie beängstigend seine Qual gewesen sein musste und wie die Schrecken von ihm Besitz ergriffen hatten, geistig und körperlich. Kein Wunder, dass er mir bei meinem ersten Besuch im Krankenhaus gesagt hatte, er fühle sich zum ersten Mal seit mehreren Jahren sicher.

War es demnach erblich? Stand auch mir bevor, dieses entsetzliche Drängen zu verspüren, mich aus Fenstern zu stürzen oder vor einfahrende Züge zu werfen? Ich wusste, dass Hugo in seiner Jugend sehr turbulente Zeiten durchgemacht hatte, und hatte seinen Zustand als eine tiefsitzende Reaktion darauf geschoben. Soweit ich wusste, hatten weder mein Vater noch meine Mutter jemals unter so etwas gelitten.

Schließlich gelang es mir, aufzustehen und zum Eingang zu gehen. Mit jedem Schritt fühlte ich mich besser. Die Angst ließ rasch nach. Ich erschauerte nur noch leicht, als ich zum Teich zurückschaute. Mehr nicht.

Über den Betrieb auf der High Street war ich froh und verspürte nicht das geringste Bedürfnis, mich vor einen Bus zu werfen. Mit forschem Schritt marschierte ich zum Bahnhof und nahm den nächsten Zug zurück nach London.

Nachts träumte ich, dass ich tauchte, zwischen schimmernden Fischen mit golden und silbern schillernden Körpern, die im kühlen dunklen Wasser an mir vorbei- und um mich herumglitten. Eine Weile war das wunderschön, ein besänftigendes, einlullendes Gefühl. Ich meinte, leise Musik zu hören. Doch dann schwamm ich nicht mehr, sondern ertrank. Ich hatte geglaubt, selbst ein Fisch zu sein, fähig, unter Wasser zu atmen, aber nun schoss mir Wasser in die Lunge, und ich schnappte nach Luft, mit einem schmerzhaften Gefühl in der Brust und einem furchtbaren Pulsieren hinter den Augen.

Ich schreckte in der Dunkelheit meines Schlafzimmers hoch, knipste die Lampe an, setzte mich auf und sog in tiefen Zügen die Luft ein. Dann stand ich auf, öffnete das Fenster und atmete die kühle Londoner Nachtluft und den Geruch von Bäumen und Gras aus den Gemeinschaftsgärten auf dem Platz ein. Wahrscheinlich hatte die Panik, die mich am Teich im Botanischen Garten ergriffen hatte, Spuren in meinem Unterbewusstsein hinterlassen, daher war es nicht verwunderlich, dass sie sich in nächtliches Entsetzen verwandelt hatte.

Doch es verging schnell, genau wie die Panik dieses Nachmittags vergangen war. Ich verfüge über ein eher gelassenes Naturell, und es gelang mir ziemlich leicht, meine Stimmung wieder zu heben. Verwundert war ich nur darüber, wieso ich aus heiterem Himmel eine Panikattacke erlitten hatte, gefolgt von einem Albtraum, aus dem ich vor Angst um mich schlagend erwacht war. Ich hatte einen angenehmen Tag verbracht und war aufgeregt wegen Fergus' möglichem Coup. Der Verlauf meines Lebens war ausgeglichen und angenehm wie immer.

Nur ein ungewöhnlicher Zwischenfall aus der jüngsten Vergangenheit wollte nicht dazu passen – nämlich der Vorfall im Garten des Weißen Hauses. Im Gegensatz zum Entsetzen und dem Albtraum war diese Erinnerung nicht verblasst, sondern war sogar noch deutlicher geworden. Ich schloss die Augen und spürte wieder die kleine Hand in der meinen. Fast konnte ich meine Finger um sie schließen, so real, so lebendig war das Gefühl.

Ohne recht zu wissen, dass ich es gleich tun würde, krümmte ich meine Finger, wie um sie einzuschließen. Doch da war nichts.

Diesmal nicht. Nicht in dieser Nacht.

7

Meine Geschäfte durchliefen die übliche Sommerflaute, was bedeutete, dass ich nicht genug zu tun hatte, um ausgelastet zu sein. Der Albtraum kam nicht wieder, und obwohl ich keine weiteren Panikattacken hatte, ging mir das Erlebnis nicht aus dem Sinn, sodass ich schließlich beschloss, mit meinem Bruder zu reden. Ich rief ihn an, wollte nachfragen, ob ich zu einem Kurzbesuch kommen könnte, und hatte seine dänische Frau Benedicte am Apparat, die stets sehr gastfreundlich war. Wenn es nach ihr ginge, hätte ich wahrscheinlich zu jeder Tages- und Nachtzeit auf ihrer Türschwelle stehen können und wäre willkommen gewesen. Doch bei Hugo war das etwas anderes.

Er war inzwischen Lehrer an einer Privatschule für Jungen in einem hübschen Marktstädtchen in Suffolk. Sie besaßen ein georgianisches Haus mit einem Garten, der bis an einen Fluss reichte, und einer etwas altmodischen Atmosphäre, wie sie solchen Häusern stets zu eigen ist.

Ihre Tochter Katerina, ein Einzelkind, war gerade über die Ferien zu Verwandten nach Dänemark gefahren. Hugo und Benedicte sollten demnächst in die Vereinigten Staaten reisen, wo er an einer Sommerschule unterrichten würde.

Ich verspürte immer eine große Ruhe und Zufriedenheit, wenn ich durch ihre Tür trat. Das Haus ist hell, elegant und makellos. Wenn es von außen auch ins achtzehnte Jahrhundert gehört, ist es von innen doch modern und skandinavisch, mit hellen Holzböden, cremefarbenen Teppichen und Ledersesseln, Stahl und Chrom. Das könnte kalt wirken, wären da nicht zwei Dinge: die Wärme, die Benedicte ausstrahlt, und die bunten Wandteppiche, die sie webt und verkauft. In Scharlachrot und königlichem Violett, in dunklem Blau und Smaragdgrün bringen sie das Haus zum Singen.

Das ist eine seltsame Umgebung für meinen Bruder. Hugo hat sein Gleichgewicht vielleicht nie ganz wiedergefunden, weshalb dieses Haus und seine Frau so gut für ihn sind. Er ist angespannt, neigt dazu, sich in sich selbst zu verkriechen und in eine schmerzvolle Ferne zu blicken, losgelöst von dem, was um ihn herum passiert. Doch er liebt seinen Beruf und seine Familie, und ich glaube nicht, dass er große Schwierigkeiten hat – obwohl ihn die Erinnerungen an sein Leiden von Zeit zu Zeit heimsuchen.

Ich kam am späten Nachmittag an, und wir tauschten Neuigkeiten aus. Benedicte wollte zur Orchesterprobe – sie spielt Oboe –, hatte uns aber ein köstliches Essen vorbereitet, an das nur noch letzte Hand zu legen war. Die Küche öffnete sich zum Garten hin, mit Blick auf den Fluss in der Ferne, und es war noch warm genug, sodass wir die Türen offen stehen und den stillen Abend hereinließen. Die Flammen der Kerzen auf den schlanken Silberleuchtern flackerten kaum.

»Ich brauche deinen Rat«, sagte ich zu Hugo, während wir unseren geräucherten Fisch aßen. »Rat, Hilfe – ich bin mir nicht ganz sicher.«

Hugo sah mich an. Wir ähneln einander nicht. Hugo kommt nach unserer Mutter, ist hochgewachsen, dunkelhaarig und hat ein längliches, ovales Gesicht. Ich bin stämmiger und habe helleres Haar, auch wenn wir gleich groß sind. Nur unsere Augen gleichen sich, ein dunkles, rauchiges Blau. Hugo in die Augen zu blicken war, als sähe ich meine eigenen im Spiegel. Wie viel mehr von ihm würde ich in mir sehen?, überlegte ich.

»Hast du jemals …« Ich betrachtete den Fisch auf meiner Gabel. Ich wusste nicht, wie ich fragen, wie ich es formulieren sollte, um ihn nicht aufzuregen. »Ich frage mich, ob du manchmal …«

Er sah mich unverwandt an, die blauen Augen auf mich gerichtet, so unbeirrbar wie die Kerzenflammen. Doch er schwieg. Er half mir nicht.

»Die Sache ist … Ich habe etwas ziemlich Unangenehmes erlebt. So etwas ist mir noch nie passiert. Mir nicht. Noch nie …« Meine Stimme versagte.

Nach einem Moment sagte Hugo: »Sprich weiter.«

Als sei eine Sturzflut ausgelöst worden, erzählte ich ihm von dem Nachmittag im Botanischen Garten, meiner entsetzlichen Angst und dem überwältigenden Drang, mich kopfüber ins Wasser zu stürzen. Ich erzählte ihm alles über den Tag, erläuterte meine Gefühle, die zu der Angst führten, berichtete genauer darüber, wie es in meinem Leben momentan aussah. Das Einzige, was ich nicht erwähnte, weil es einfach keine Worte gab, es zu beschreiben, war die kleine Hand.

Hugo hörte zu, ohne mich zu unterbrechen. Wir nahmen vom Hühnerauflauf. Vom Salat.

Ich verstummte. Hugo griff nach einem Stück Brot. Draußen war es dunkel geworden. Es war warm und sehr still. Mir fiel der Abend ein, an dem ich im Haus der Merrimans bei einbrechender Dämmerung auf der Terrasse gesessen hatte, kurz nachdem diese seltsamen Begebenheiten begonnen hatten.

»Und du glaubst, du wirst verrückt«, sagte Hugo monoton. »Wie ich.«

»Nein. Natürlich nicht.«

»Ach, komm schon, Adam … Wenn du hier bist, um dir meinen Rat zu holen oder was auch immer, sag mir die Wahrheit.«

»Entschuldige. Die Wahrheit – nun ja, ich weiß

nicht, was die Wahrheit ist, aber du bist nicht verrückt geworden.«

»Doch. Bin ich. Was auch immer ›verrückt‹ ist, ich war es bis zu einem gewissen Grad. Ich war in einem Irrenhaus, Himmel noch mal.«

Diesen barschen Ton kannte ich von ihm nicht.

»Tut mir leid«, sagte ich.

»Ist schon gut. Ich denke jetzt kaum mehr daran. Ist lange her. Und doch ist da manchmal der Schatten eines Schattens, und wenn er da ist, überlege ich, ob es wiederkehren könnte. Ich weiß es nicht, weil ich nicht weiß, was es ursprünglich ausgelöst hat. Meine Psyche war auf den Kopf gestellt und vollkommen durcheinander, aber die Ärzte sind nie zu den Ursachen vorgedrungen.«

Er blickte mich nachdenklich an. »Und jetzt du.« Als er meinen Gesichtsausdruck sah, fügte er rasch hinzu: »Entschuldige, Adam. Natürlich du nicht. Du hattest nur eine Panikattacke.«

»Aber so was hab ich noch nie gehabt.«

Er zuckte mit den Schultern. Eine große, weiche blasse Motte war durch die offene Tür hereingeflogen und flatterte um die Lampe. Motten habe ich noch nie gemocht.

»Komm, lass uns nach draußen gehen«, sagte ich.

Neben meinem Bruder durch den Garten zu schlendern, machte es leichter. Ich konnte sprechen, ohne ihm ins Gesicht sehen zu müssen.

»Wieso sollte ich aus heiterem Himmel eine Panikattacke bekommen, wie du es nennst? Was hätte sie auslösen sollen?«

»Keine Ahnung. Vielleicht geht es dir nicht gut?«

»Mir geht es bestens.«

»Solltest du nicht trotzdem zu deinem Hausarzt gehen, um dich durchchecken zu lassen?«

»Könnte ich tun. Als du …«

»Nein«, erwiderte er. »Ich war auch nicht krank.«

Wir standen am Ende des Pfades. Ein paar Schritte weiter war der dunkle Fluss.

»Ich hätte mich um Haaresbreite in diesen Teich gestürzt. Furchterregend. Es war, als müsste ich es tun, als würde mich etwas dazu zwingen.«

»Ja.«

»Ich habe Angst, dass es noch mal passiert.«

Er legte mir kurz die Hand auf die Schulter. »Geh zum Arzt. Aber es wird vermutlich nicht mehr vorkommen, weißt du.«

»Hast du jemals nachgefragt, ob sonst noch jemand in der Familie solche … Attacken, solche Ängste hatte?«

»Ja. Soweit zu erfahren war, trifft das nicht zu.«

»Oh.«

»Meiner Meinung nach ist die Sache reiner Zufall.«

»Vielleicht kann ich mich beim nächsten Mal nicht dagegen wehren.«

»Das wirst du bestimmt.«

»Warst du jemals kurz davor, dich vor eine U-Bahn zu werfen?«

»Ich glaube …«, sagte er bedächtig, »dass da für gewöhnlich etwas in mir war, was mich zurückgehalten hat – etwas, das stärker war als ›es‹, was immer ›es‹ auch sein mochte. Doch einmal … einmal vielleicht.« Er schüttelte sich. »Ich möchte lieber nicht daran denken.«

»Der Schatten eines Schattens?«

»Ja.«

Wir hörten Benedictes Auto vorfahren und die Haustür zufallen. Hugo machte kehrt. Ich schlenderte weiter, aus dem Garten hinaus und über einen schmalen Pfad, bis ich am Flussufer stand. Von hier war das Wasser zu riechen, und ein schwacher Schimmer lag darauf, obwohl der Mond nur halb voll war. Ich war jetzt ruhig, ruhig und erleichtert. Hugo hatte seine Qualen anscheinend unbeschadet überstanden. Er wollte sich nicht weiter darüber auslassen, was ich ihm nicht verdenken konnte. Ich glaube, mir war klar, dass das, was mir passiert war, einen ganz anderen Ursprung hatte. Und ich wusste ebenfalls, sollte es noch einmal geschehen, würde mein Bruder mir nicht helfen wollen. Das hatte er zwar so nicht gesagt, und in jeder anderen Hinsicht würde ich mich auch weiter auf ihn verlassen können, wie er sich hoffentlich auf mich. Aber in dieser Sache war ich allein.

Oder vielleicht nicht allein.

Das Wasser plätscherte leise gegen das Ufer. Ich fürchtete mich nicht davor. Warum sollte ich auch?

Ich wartete noch eine Weile in der Dunkelheit. Aus dem Haus hörte ich ihre Stimmen. Eine Tür schloss sich. Im oberen Stockwerk ging Licht an.

Erst als die Nachtkühle vom Wasser aufstieg, wandte ich mich mit einer Art Traurigkeit ab, einer Enttäuschung, dass sich die kleine Hand nicht in die meine geschoben hatte. Eigentlich hatte ich damit gerechnet.

Damals hatte ich nach wie vor das Gefühl, dass die Hand jemandem gehörte, dessen Absichten freundlich waren, der mir wohlgesinnt war, mir vertraute.

Auf diesen Abend sollte ich noch mit Sehnsucht zurückblicken – Sehnsucht nach dem Gefühl des Friedens, der mich damals erfüllte, selbst wenn ich auch eine plötzliche Einsamkeit verspürte; selbst wenn ich, Gott stehe mir bei, aus irgendeinem eigentümlichen Grund tatsächlich die Anwesenheit der kleinen Hand in der meinen erhoffte.

8

In der folgenden Nacht hatte ich einen weiteren lebhaften Traum. Wie an jenem Abend stand ich neben dem kaputten Tor, das zum Garten des Weißen Hauses führte, nur war es diesmal nicht Abend, sondern Nacht, eine kalte, klare Nacht mit einem von funkelnden Sternen übersäten Himmel. Ich war allein und wartete. Mir war bewusst, dass ich wartete, aber worauf, erzählte mir der Traum nicht. Ich war aufgeregt, gespannt, als sollte ein lang ersehntes Ereignis geschehen oder ich etwas sehr Schönes zu sehen bekommen, etwas äußerst Erfreuliches erleben.

Nach einiger Zeit bemerkte ich, dass jemand aus der Tiefe des Gartens hinter dem Tor auf mich zukam, wenngleich ich weder etwas hörte noch sah. Doch in einiger Entfernung hüpfte ein kleines Licht in der Dunkelheit zwischen den Bäumen und Büschen, und ich wusste, dass es näher kam. Vielleicht trug jemand eine Laterne.

Ich wartete. Im nächsten Augenblick würde jemand auftauchen oder mir etwas zurufen. Ich war begierig darauf, diese Person zu sehen. Sie brachte mir etwas – keinen Gegenstand, sondern eine Nachricht oder Information. Sie würde mir etwas mitteilen, und wenn sie es getan hatte, würde alles klar werden. Ich würde ein großes Geheimnis erfahren.

Das Licht verschwand ab und zu, wenn es vom Dickicht verdeckt wurde, doch dann sah ich es wieder, ein bisschen näher bei mir. Ich trat ein oder zwei Schritte vor, die Hand an dem kaputten Tor. Noch jetzt kann ich es fühlen, dieses kühle, raue Holz unter meiner Handfläche. Ich sehe, wie das Licht der Lampe etwas heller wird.

Ich verspürte eine große Glückseligkeit und gleichzeitig ein Verlangen, auf das Licht zuzulaufen, mir rigoros einen Weg durch die Äste zu bahnen, die tief über dem Weg hingen. Ich musste es tun. Ich wurde gebraucht. Es war dringend, dass ich in den Garten gelangte, mich mit dem Laternenträger traf, keinen weiteren Moment durfte ich vergeuden, wie ich anscheinend so viele vergeudet hatte – nicht nur Momente, sondern Monate und Jahre.

Ich drückte gegen das Gartentor und versuchte es aus der Erde und von den dicken Grasbüscheln zu befreien, die an ihm hochgewachsen waren.

Mein Druck reichte nicht. Das Tor gab nicht nach. Also probierte ich es mit der Schulter. Ich musste es öffnen, musste in den Garten gelangen, und das schnell, denn jetzt war das Licht ganz nahe, tanzte jedoch wie verrückt von Seite zu Seite, als ob jemand die Laterne heftig hin- und herschwang.

Mit all meiner Kraft warf ich mich gegen das Tor. Es gab so plötzlich nach, dass ich vornüberstürzte und spürte, wie ich fiel.

Und während ich fiel, wachte ich auf.

Im Laufe der nächsten Tage dachte ich viel über diesen Traum nach. Statt aus meinem Gedächtnis zu schwinden, wurde die Erinnerung immer deutlicher. Wenn ich mehr über das Weiße Haus und den Garten herausfand und noch einmal dorthin zurückkehrte, könnte es mir vielleicht gelingen, mich von dem seltsamen Bann zu befreien, in dem es mich anscheinend hielt.

Ich würde der London Library einen Besuch abstatten, und falls das nichts ergab, der Bibliothek der Königlichen Gartenbaugesellschaft, um alles zu finden, was jemals über diesen Garten geschrieben worden war. Gärten selbst interessierten mich nicht, doch irgendetwas hatte mich zu den zugewucherten Überresten dieses einen geführt, und irgendetwas war in den wenigen Minuten, die ich dort verbracht hatte, geschehen und verfolgte mich seitdem.

Bevor ich jedoch Gelegenheit hatte, irgendeine Bibliothek aufzusuchen, brachte ein Anruf von Fergus McCreedy mich auf andere Gedanken.

»Ich habe Neuigkeiten für dich«, sagte er.

Das Kloster Saint Mathieu des Étoiles vertraute Fergus offensichtlich. Der Bibliothekar hatte ihm eine interne Liste der kostbaren Besitztümer geschickt, zu deren Verkauf sie sich durchgerungen hatten, um das benötigte Geld zu bekommen. Dazu gehörten, sagte Fergus, zwei besondere Schätze: die islamischen Objekte, an denen Helena sehr interessiert war, und drei mittelalterliche Manuskripte. Und eine First Folio von Shakespeare. Der Bibliothekar hatte Fergus gefragt, ob er bei der Veräußerung der Gegenstände als Mittelsmann fungieren könne – sie wollten jemanden, der Kontakt zu Bibliotheken, Museen und Sammlern auf der ganzen Welt hatte, dem sie vertrauen konnten, dass er keine Pressemitteilung verschickte, und vor allem einen Mann, den sie als gerecht und ehrenhaft betrachteten. Fergus sollte das Kloster später im Sommer besuchen, um sich alles anzusehen, hatte jedoch vorgeschlagen, mir zu gestatten, sofort dorthin zu reisen, insbesondere zur Begutachtung der First Folio. Er hatte dem Bibliothekar von mir erzählt. Meine Referenzen waren offenbar zufriedenstellend, und Fergus schlug vor, ich solle mich mit dem Kloster in Verbindung setzen, um einen baldigen Besuch zu vereinbaren. Falls ich einverstanden sei, würde er mir alle Einzelheiten zur Kontaktaufnahme zukommen lassen.

»Saint Mathieu des Étoiles ist zwar ein Schweigeorden«, sagte er, »doch dem Bibliothekar und dem

Gastmeister ist es im Zusammenhang mit ihren Pflichten erlaubt zu reden, und beide sprechen Englisch. Wäre gut, wenn du dich beeilst.«

Ich fragte, ob er befürchtete, sie könnten ihre Meinung ändern.

»Keinesfalls. Über die Sache ist lange beraten worden. Sie sind dazu entschlossen, und der Generalabt des Ordens hat seine Zustimmung gegeben. Aber du willst doch sicher nicht, dass jemand anders davon Wind bekommt, und ich auch nicht. Meiner Erfahrung nach dringt letztlich alles nach außen, selbst aus einem klausurierten Orden mit Mönchen, die ein Schweigegelübde abgelegt haben.«

9

Ich begann meine Reise in fröhlicher, optimistischer Stimmung. Die Schatten waren verflogen. Die Sonne schien wieder. Ich brauchte eine Pause, daher flog ich nach Lyon und mietete mir ein Auto, denn ich wollte mir Zeit lassen, gemütlich über Landstraßen fahren, für zwei oder drei Nächte in kleinen Städten oder Dörfern absteigen, Frankreich genießen. Teile des Landes kannte ich gut, jedoch nicht die Region, in der das Kloster Saint Mathieu des Étoiles lag, hoch oben in den Bergen des Vercors. Ich war bereit zu einer Erkundungstour, stellte sie mir als einen angenehmen Ausflug mit der Aussicht auf die Entdeckung eines seltenen und wunderbaren Buches vor, mit dem ich am Ende einen Kunden beglücken würde.

Mir ist es kaum mehr möglich, mich an die Person zu erinnern, die ich zu Beginn der Reise war. Schon wahr, dass ich eine seltsame Begegnung gehabt hatte und von einer Art Schatten berührt worden war, doch ich hatte beides verdrängt; sie hatten mich nicht so verändert, wie ich später verändert wurde. Ich konnte vergessen. Jetzt kann ich es nicht mehr.

Ich betrachte die wenigen Tage im sonnigen Frankreich als Tage des Lichts vor der Dunkelheit, Tage der Beschaulichkeit und Ruhe vor dem aufziehenden Sturm. Tage der Unschuld vielleicht.

Es war Hochsommer und heiß, doch die Luft war klar, und die Landschaft sah, wie es bei solchem Wetter immer ist, herausgeputzt aus, einladend und erhebend. Inmitten von Weideland und sanften Hügeln lagen bezaubernde Dörfer. Einmal bekam ich ein Zimmer über einem alten Stall, in dem Hühner scharrten und Schwalben nisteten. Am Morgen blickte ich vom Bett aus auf die violettfarbene Bergkette in der Ferne. An dem Tag sollte ich auf sie zufahren. Sie sah aus wie ein Bild aus einem Kinderbuch.

Bei Frühstück und Mittagessen beschränkte ich mich, hielt aber stets früh genug an, um abends gut zu speisen, was mir zu sieben oder acht Stunden tiefen, traumlosen Schlafs verhalf.

Am dritten Morgen änderte sich das Wetter. Die Sonne schien noch etwa eine halbe Stunde, und als ich höher hinaufkam, fuhr ich durch dünne, wirbelnde Nebelschwaden. Die Luft war sehr feucht, und ich sah, dass sich dunkle schwere Wolken um die Berge vor mir ballten. Zuvor war ich durch verschiedene kleine Dörfer gekommen und hatte Menschen gesehen, auf den Straßen, auf den Feldern, per Fahrrad, zu Fuß, aber jetzt ließ ich die menschlichen

Behausungen hinter mir. Mehrfach kam ich an kleinen Wegkreuzen am Straßenrand vorbei, zur Erinnerung an die Kriegstoten der Résistance, die in dieser Gegend schwer gekämpft hatte. An einem steckte gerade eine alte Frau frische Blumen in eine Metallvase. Ich winkte ihr zu. Sie starrte mich nur ausdruckslos an.

Die Straßen wurden steiler und die Kurven schärfer. Die Wolken verdunkelten sich. Ich durchquerte mehrere kurze, in den Felsen geschlagene Tunnel. Danach ragten zu beiden Seiten granitgraue Felswände auf, an die sich hin und wieder Farne und Baumwurzeln klammerten. Ein oder zwei Mal stotterte der Motor, und ich brauchte meine gesamte Konzentration, um die Serpentinen zu bewältigen, die sich wie Schlangen immer höher hinaufwanden.

Dann kam ich an ein schmales Plateau. Der Himmel verdunkelte sich, aber zu meiner Rechten erhellte ein dünner Sonnenstrahl eine Sekunde lang das Tal unter mir. Irgendwo traf er auf Wasser, das glitzerte. Gleich darauf fielen die ersten dicken Regentropfen, und ein gezackter blau-weißer Blitz schoss seitlich über den Felsen. Ich war mir unsicher, ob ich warten oder weiterfahren sollte, doch die Straße war schmal, und es war zu gefährlich, am Rand stehen zu bleiben. Zwar hatte ich seit mehreren Meilen kein anderes Auto mehr gesehen, aber falls eines hinter mir kam, vor allem in dieser Dunkelheit und dem jetzt blendenden Gewitterregen, würde es mit Sicherheit auf meines auffahren. Ich fuhr äußerst langsam. Der Regen kam schräg von der Seite, wodurch meine Windschutzscheibe merkwürdig klar blieb. Immer mehr Blitze zuckten aus dem schwefligen Himmel und bildeten Lichtbögen über der Straße. Ich konnte nicht unterscheiden, ob der Lärm vom Donner oder dem prasselnden Regen auf dem Autodach stammte.

Die Straße war immer noch schmal, doch statt zu steigen, führte sie nun abwärts, umrundete den höchsten Teil des Berges, und ich fuhr auf mehrere flachere Hänge zu, die dicht mit Kiefern bewachsen waren.

Der Regen kam nun von hinten und schien aus einem Wirbelsturm zu kommen, der mein Auto vorantrieb.

Ich bin ein durchaus ruhiger Fahrer und war schon häufig bei schwierigen Bedingungen gefahren, aber jetzt bekam ich Angst. Die Enge der Straße, die Art und Weise, wie das Gewitter und die hohen Felsen auf mich herabdrückten, brachten mich zusammen mit dem gewaltigen Krach gehörig aus der Fassung. Mir war bewusst, dass ich allein war, vielleicht meilenweit von anderen Menschen entfernt. Obwohl ich eine Karte hatte, war ich gewarnt worden, dass das Kloster schwer zu finden sei. Ich nahm an, vermutlich noch weitere zwanzig Meilen fahren zu müssen, um an die Abzweigung nach Saint Mathieu zu kommen, aber vielleicht hatte ich sie bei diesem Wetter auch schon verpasst.

Dann geschahen zwei Dinge.

Erneut bahnte sich mitten in diesem schwarzen wirbelnden Gewittersturm ein Sonnenstrahl seinen Weg durch die dichten Wolken. Diesmal verwechselte ich ihn beinahe mit einem weiteren Blitz, als er schräg über die Felswand zu meiner Linken und quer über die Straße vor mir fiel, was den erstaunlichen Effekt hatte, dass der strömende Gewitterguss in tausend regenbogenfarbige Fragmente verwandelt wurde. Das dauerte nur ein oder zwei Sekunden, ehe die Wolken den Sonnenstrahl wieder verschluckten, doch in diesen Sekunden sah ich das Kind. Ich war langsam gefahren. Die Straße war überflutet, und ich konnte nicht sehr weit sehen. Aber das Kind war da. Daran hatte ich damals keinen Zweifel und habe ihn auch heute nicht.

In einem Moment war da nur Regen, prallte vom Straßenbelag ab, ergoss sich über die steilen Felswände neben dem Auto. Dann, im plötzlichen Sonnenstrahl, war da das Kind. Es schien auf einem schmalen Weg neben der Straße zwischen tief hängenden Bäumen zu rennen und schoss vor mir her. Ich bremste, schlingerte, schrie, alles gleichzeitig. Das Auto rutschte seitlich und kam am Straßenrand zum Stehen, mit dem Kühlergrill zu den Felsen. Ich sprang hinaus, ohne auf den Regen und das nach wie vor tobende Gewitter zu achten. Ich weiß nicht, wie es mir gelungen war, dem Kind auszuweichen; es war so nahe vor mir gewesen, wobei ich allerdings keinen Aufprall gespürt hatte. Ich hatte ihn – ich war mir sicher, dass es ein Junge war – nicht fallen sehen, aber es musste doch passiert sein. Vielleicht lag er unter dem Auto, war schwer verletzt.

In den Bergen ziehen solche Unwetter oft schnell weiter, und ich sah bereits, wie die Regenschleier über dem Tal weggefegt wurden und es sich aufhellte, als sich die Wolken auflösten. Über mir krachte der Donner, doch die Blitze hatten nachgelassen.

Ein Blick unter das Auto zeige mir, dass kein Kinderkörper darunterlag. Am Kühlergrill war nichts zu sehen.

Ich sah mich um. Dort war der Weg zwischen den Kiefern, den er entlanggerannt sein musste. Also war er vor dem Auto hergeschossen, hatte es um Haaresbreite verfehlt und war vermutlich auf einem Weg auf der anderen Seite weitergerannt.

Ich überquerte die Straße. Der Donner grummelte nur noch entfernt zu meiner Rechten. Von der Straße stieg Dampf auf, und vor mir trieben Wolkenfetzen wie Ektoplasma.

»Wo bist du?«, rief ich. »Geht es dir gut? Melde dich.« Ich rief noch mal, diesmal auf Französisch.

Ich war auf einem holprigen Grasfleck stehen geblieben, ein paar Meter von meinem Auto entfernt auf der anderen Straßenseite. Hinter mir ragte die zerklüftete nackte Felswand auf. Ich drehte mich um, schaute hinunter und sah, dass ich am Rand eines Abgrunds stand. Unter mir fiel das Gestein steil zu einer tiefen Schlucht ab. Ich erhaschte einen Blick auf das dunkle Wasser und die Steilhänge auf der anderen Seite, bevor ich entsetzt zurücktrat. Dabei stolperte ich und fiel beinahe, doch es gelang mir, mich zu fangen und über die Straße zu meinem Auto zu hasten. Währenddessen spürte ich ganz unverkennbar die kleine Hand in der meinen. Nur schmiegte sie sich diesmal nicht sanft in meine, sondern umklammerte sie mit eisernem Griff, und ich spürte, wie ich an den Rand des Abgrunds gezogen wurde. Wie entschlossen und unnachgiebig das Drängen der Hand war, wie mächtig die Kraft von etwas, das ich nicht sehen konnte, lässt sich nur schwer beschreiben. Die Kraft war die eines erwachsenen Mannes, wenngleich die Hand nach wie vor die eines Kindes war, und während ich zum Abgrund gezogen wurde, fühlte ich mich auf seltsame Weise gedrängt, genötigt und geleitet. Wenn es nicht mit Gewalt funktionierte, dann war es, als sollte ich verführt werden, über den Abhang in die Schlucht zu springen.

Das Gewitter hatte sich endgültig verzogen, und die Luft war so feucht, dass mir das Atmen schwerfiel. Ganz in der Nähe hörte ich das Rauschen von Wasser und das Rumpeln von Steinen. Die Regenfluten mussten weiter oben etwas losgerissen haben. Ich wollte schleunigst wieder in die Sicherheit meines Autos zurück, konnte die Hand jedoch nicht abschütteln. Was mit dem Kind passiert war, entzog sich meiner Vorstellung. Ich hatte keinen Weg entdeckt, und falls der Junge zur Seite gesprungen war, musste er hinabgestürzt sein. Aber wo war in dieser trostlosen Landschaft und inmitten eines solchen Gewitters ein Kind hergekommen, und wie war es ihm gelungen, nicht von meinem Auto erfasst zu werden und über den Rand des Abgrunds zu verschwinden?

So fest wie möglich riss ich meine Hand aus der unsichtbaren Umklammerung. Mir war, als würde ich mich einer gewaltigen magnetischen Kraft widersetzen, doch irgendwie stolperte ich rückwärts über die Straße, und es gelang mir, meine Hand zu befreien und ins Auto zu steigen. Voller Panik knallte ich die Tür hinter mir zu, und dabei vernahm ich ein Heulen. Ein Heulen, in dem sich Schmerz, Wut und Qual vermischten – ganz ohne Frage das Heulen eines wütenden Kindes.

10

Meine Karte war unzureichend, und es gab keine Wegweiser. Ich zitterte beim Fahren und musste mir immer wieder einreden, dass ich, was auch immer geschehen war, weder ein Kind verletzt oder getötet noch mich beinahe hatte verlocken lassen, über den Abgrund in den Tod zu stürzen. Das Gewitter hatte sich verzogen, doch der Tag wollte sich nicht mehr aufhellen. Der Himmel blieb wolkenschwer, die Luft dunstig. Von Zeit zu Zeit senkte sich der Wolkenvorhang und erschwerte die Sicht. Zweimal nahm ich eine falsche Abzweigung und war gezwungen, den Weg zur ursprünglichen Route zu finden. Bis auf einen einsamen Mann, der eine Ziegenherde über ein fernes Feld führte, sah ich niemanden.

Nach anderthalb Stunden bog ich um eine scharfe Kurve, durchquerte noch einen der vielen in den Felsen gesprengten Tunnel und entdeckte dann links neben einem weiteren kleinen Wegkreuz eine Abzweigung. Ich hielt an und schaute auf die Karte. Falls dies nicht der Weg zum Kloster war, würde ich noch sechs Meilen weiter ins nächste Dorf fahren und jemanden suchen müssen, der mir Auskunft geben konnte.

Die schmale Straße verlief zwischen hohen Böschungen und düsteren Kiefern, deren schlanke Stämme zu beiden Seiten aufragten, einer nach dem anderen. Nachdem die Straße zunächst eben blieb, wurde sie kurvig und stieg an, dann fiel sie wieder ab, um danach erneut anzusteigen. Schließlich erreichte ich ganz plötzlich eine breite Lichtung. Vor mir sah ich ein kleines Schild unter einem Kreuz: MONASTÈRE DE SAINT MATHIEU DES ÉTOILES. VOITURES.

Ich stellte den Motor ab und stieg aus dem Auto. Ein intensiver Geruch nach feuchter Erde und Kiefernnadeln hing in der Luft. Hin und wieder liefen ein paar Regentropfen von den Stämmen und platschten auf die Erde. Donner grollte in der Ferne. Ansonsten war es vollkommen still, und ich wurde augenblicklich an den Abend zurückversetzt, an dem ich vor dem Tor des Weißen Hauses und dem geheimnisvollen verwilderten Garten gestanden hatte. Mich überkam dasselbe Gefühl der Seltsamkeit und Abgeschiedenheit vom Rest der Welt.

Man erwartete mich im Kloster. Ich hatte per E-Mail mit dem Bibliothekar korrespondiert, und mir war versichert worden, dass jederzeit ein Gästezimmer für mich zur Verfügung stünde. Die wenigen Besucher waren meist Mönche aus anderen Häusern. Dom Martin, der Bibliothekar, hatte einige hilfreiche Notizen über das Kloster und die Lebensweise dort hinzugefügt. Ich würde nur mit ihm und dem Gastmeister sprechen dürfen (wenngleich es möglich sein konnte, dass ich auch vom Abt empfangen würde), könnte die Gottesdienste in der Kapelle besuchen und bekäme Zugang zur Bibliothek. Doch sie seien ein klausurierter und schweigender Orden, und obwohl ich willkommen sei, müsse ich mich an die Regeln halten.

»C'est probable«, hatte der Bibliothekar geschrieben, *»que vous serez ici tout seul.«* Demnach würde ich wohl der einzige Gast sein.

Ich nahm meine Reisetasche aus dem Kofferraum und schlug den schmalen Weg zwischen den dicht stehenden, stummen Kiefern ein. Nach wie vor litt ich unter den Folgen des Geschehenen, war jedoch froh, einen sicheren Ort erreicht zu haben, an dem es andere menschliche Wesen gab, wenn auch schweigende und größtenteils unnahbare. Ein Kloster war heiliger Boden. Bestimmt konnte mir hier nichts Schlimmes geschehen.

Der Weg wand sich etwa eine halbe Meile und war größtenteils eintönig, lange Reihen von Kiefern, denen weitere Kiefern folgten. Zunächst war er eben, doch dann musste ich bergauf gehen, und schließlich wurde es recht steil. Das einzige Geräusch kam von meinen Schritten auf dem mit Kiefernnadeln bedeckten Boden. Kein Vogelgezwitscher, nur in der Ferne hörte ich fallendes Wasser, wie von einem Bachlauf, der sich über Felsen ergoss. Die Luft war feucht, doch als ich höher stieg, wurde sie klarer und auch kühler, was eine willkommene Erleichterung war. Ich stellte mir diesen Ort im tiefen Winter vor, wenn der Schnee den Weg unpassierbar machte und auch noch die letzten Geräusche verschluckte.

Mehrfach blieb ich stehen, um Atem zu schöpfen. Ich gehe in London und anderen Städten ziemlich viel zu Fuß, aber das leichte Gehen bereitet einen nicht auf derart steile Anstiege vor. Mit dem Jackenärmel wischte ich mir über das Gesicht und ging weiter.

Und dann trat ich ganz plötzlich zwischen den Bäumen hervor und erblickte unterhalb eines steinigen Abhangs das Kloster Saint Mathieu des Étoiles.

Die Dächer waren mit dunkelgrauen Schindeln gedeckt, und das Ganze bildete ein geschlossenes Rechteck mit zwei einzelnen Gebäuden an den kürzeren Seiten, eines davon mit einem hohen Glockenturm. Die langen Seiten waren jeweils in zwei Dutzend identische Einheiten unterteilt. Nach Norden hin lag ein weiteres Gebäuderechteck. Alles befand sich auf ebenem Grund und war umgeben von mehreren eingezäunten Weiden, doch dahinter ging es steil bergan, bis zu mehreren hohen Berggipfeln. Die Hänge waren mit Kiefern bewachsen. Einen Moment lang kam die Sonne hervor und tauchte alles in angenehmes, freundliches Licht. Über den Berggipfeln war der Himmel blau, wenn auch durchzogen von dünnen Wolkenstreifen. Ich vernahm das Läuten einer Kuhglocke, wie sie den ganzen Sommer lang in den Schweizer Alpen zu hören sind. Eine Biene summte auf einer violetten Pflanze zu meinen Füßen. Sonst herrschte tiefe, durchdringende Stille.

Mit meiner Reisetasche über der Schulter blieb ich stehen, versuchte, zu Atem zu kommen, mich zu orientieren, und spürte zum ersten Mal an diesem Tag ein leichtes Nachlassen der Angst, die mich gequält hatte. Und mir fiel auch wieder ein, dass sich irgendwo in diesem gedrungenen, uralten Gebäudekomplex dort unten die außerordentlichsten Schätze befanden, Bücher, Kunstgegenstände, Bilder – wer weiß, was sonst noch?

Ich nahm die Tasche auf die andere Schulter und machte mich vorsichtig auf den Weg über den steilen, steinigen Pfad hinab zum Kloster.

Ich weiß nicht, was ich erwartet hatte. Alles war still, bis auf das Läuten einer einzelnen Glocke, als ich mich dem Tor näherte. Das Läuten verstummte, ich vernahm nur noch diese schwachen natürlichen Geräusche, den von den Dächern und Bäumen tropfenden Regen, den Bach. Doch als mir die Tür im großen Holztor geöffnet wurde und ich meinen Namen nannte, wurde ich von einem lächelnden, stämmigen Mönch in schwarzer Kutte mit Kapuze und einer großen Baumwollschürze begrüßt.

»Willkommen, Monsieur Snow. Ich bin Frère Jean-Marc, der Gastmeister. Bitte …«, sagte er auf Englisch und nahm mir die Tasche ab, hob sie an, als enthielte sie Luft und Federn.

Er fragte, wo ich mein Auto abgestellt hätte, und nickte anerkennend, während er mich über einen Innenhof zu einem dreistöckigen Gebäude führte.

In einer so lautlosen Atmosphäre hat jedes Geräusch seine eigene Resonanz. Unsere Schritte, getrennt und im Gleichklang, das leichte Hüsteln des Mönchs, eine weitere Glocke.

»Sie haben einen weiten Weg auf sich genommen, um uns zu besuchen.«

»In der Tat. Ich bin auch gerade durch ein schreckliches Gewitter gefahren.«

»*Ah, mais oui*, der Regen, der Regen. Doch unsere Gewitter ziehen ebenso schnell ab, wie sie kommen. Das liegt an den Bergen.«

»Die Straße ist tückisch. Solche Serpentinen bin ich nicht gewohnt.«

Er lachte. »Nun ja, jetzt sind Sie hier. Sie sind willkommen.«

Unterdessen waren wir drei Steintreppen hochgestiegen und hatten einen kurzen Flur zu einer Tür durchquert, die er nun öffnete, um mich eintreten zu lassen.

»Willkommen«, sagte er erneut.

Ich spürte echte Herzlichkeit in seiner Begrüßung. Gastfreundschaft gegenüber Fremden war ein wichtiger Teil der klösterlichen Regeln, wenngleich diese Mönche nicht viele Gäste empfingen.

Ich betrat den kleinen, quadratischen Raum. Das Fenster gegenüber der Tür ging direkt auf die mit Kiefern bedeckten Hänge und die zerklüfteten Berggipfel hinaus. Die Sonne war hervorgekommen, warf ihre schrägen Strahlen auf uns, brachte das tiefe, dunkle Grün der Bäume und die weiß getünchten Steinwände der umliegenden Klostergebäude zum Leuchten.

»Ah«, sagte der Gastmeister strahlend. »Wunderschön. Aber Sie sollten es im Schnee sehen. Das ist ein Anblick!«

»Im Winter werden Sie wohl wenig Gäste haben.«

»Keine, Monsieur. Einige Monate lang sind wir vollkommen von der Außenwelt abgeschnitten. Also, hier … Ihr Bett. Ein Tisch. Ihr Stuhl. Da liegt auch ein Brief vom Abt an Sie, ebenfalls einer von Dom Martin, dem Bibliothekar. Diese Liste erläutert unseren Tagesablauf. Hier ist auch ein kleiner Plan der Klosteranlage. Doch zu Ihren Treffen werde ich Sie jeweils abholen. Sie können sich gerne draußen frei bewegen, nur nicht in dem für die Mönche bestimmten Kreuzgang. Sie können gerne, sehr gerne an unseren Gottesdiensten in der Kapelle teilnehmen. Ich werde Sie in einer halben Stunde abholen, um Ihnen zu zeigen, wo die Kapelle ist, wo Sie sitzen können, und auch das Refektorium. Aber jetzt werde ich Ihnen erst einmal eine Erfrischung in Ihr Zimmer bringen, damit Sie sich eingewöhnen können. Sie werden den Brüdern auch auf dem Gelände des Klosters begegnen, den arbeitenden Brüdern. Natürlich können Sie sie begrüßen. Sie freuen sich, einen Gast willkommen zu heißen. Jetzt lasse ich Sie allein, damit Sie sich einrichten können, und komme dann mit etwas zu essen und zu trinken zurück.«

Der Raum war friedvoll. Sonnenstrahlen fielen auf die weiße Wand und die weiße Decke auf dem schmalen Metallbett. Das Fenster stand einen Spalt offen. Ich hörte den fernen Klang der Kuhglocken.

Mir war, als müsste ich weinen.

Stattdessen begannen die Wände zu schimmern und wie ein Kartenhaus über mir einzustürzen. Ohnmächtig sank ich Frère Jean-Marc vor die Füße.

11

Als ich wieder zu mir kam, lag ich auf dem Bett, über mir das freundliche und besorgte Gesicht des Gastmeisters. Zu meiner Linken hielt ein anderer Mönch mein Handgelenk, um meinen Puls zu messen, ein älterer Mann mit runzliger, pergamentartiger Haut und sanften blauen Augen.

»Nun bleiben Sie erst einmal still liegen, Monsieur Snow, und entspannen sich. Sie haben uns einen großen Schrecken eingejagt. Das hier ist Dom Benôit, unser Infirmarius. *Il est médicin.* Er ist im Englischen etwas weniger bewandert als ich.«

Ich wollte mich aufsetzen, doch der alte Mann hielt mich behutsam zurück. *»Un moment«*, sagte er. »Keine Eile …«

Ich sank zurück. Durch das Fenster sah ich den Berggipfel und den klaren blauen Himmel. Mir war seltsam ruhig und friedlich zumute.

Schließlich kam Dom Benôit wohl zu der Überzeugung, dass ich meinen Ohnmachtsanfall unbeschadet überstanden hatte, und erlaubte mir, mich aufzusetzen. Auf dem Tisch am Fenster stand ein Tablett mit etwas zu essen sowie eine Wasserkaraffe, und als die beiden Männer gegangen waren, stand ich auf, weil ich plötzlich hungrig war. Der Gastmeister hatte mir geraten, mich für den Rest des Nachmittags auszuruhen, möglichst zu schlafen. Er würde später wiederkommen, um nach mir zu sehen und mich, falls der Infirmarius zustimmte, zu meinem Termin mit dem Bibliothekar zu bringen.

Ich aß einen Teller dicker Gemüsesuppe, die stark nach Sellerie schmeckte, frisches Brot mit einem cremigen Käse, der mich an Brie erinnerte, einen kleinen Salat sowie Kirschen und Weintrauben. Das Wasser musste aus einer Bergquelle stammen – es hatte die unverwechselbare Kühle und den frischen Geschmack, den nur dieses Wasser besitzt.

Inzwischen fühlte ich mich rundherum gut, wenn auch ein wenig benommen. Die Ohnmacht war vermutlich eine Nachwirkung der schrecklichen Fahrt am Morgen gewesen, obwohl ich mich nicht erinnern kann, jemals zuvor das Bewusstsein verloren zu haben. Mir fiel eine schwache Rötung meines Oberarms auf, wo Dom Benôit wahrscheinlich meinen Blutdruck gemessen hatte. Man hatte sich fürsorglich um mich gekümmert.

Während ich aß, las ich die an mich adressierten Briefe. Der Bibliothekar schlug in seinem Schreiben ein Treffen an diesem Abend vor, bei dem er mir gerne die First Folio und einige andere Bücher zeigen würde, an denen ich interessiert sein könnte. Wenn ich wolle, könne ich auch die Buchbinderei besuchen. Der Brief des Abtes war kurz, formell und höflich, er hieß mich willkommen und hoffte, mich zu irgendeinem Zeitpunkt meines Aufenthalts begrüßen zu können.

Der getippte Zeitplan, der mir einen Überblick über den Tagesablauf im Kloster geben sollte, war beeindruckend. Es gab eine tägliche Messe, all die üblichen Offizien, das Angelus und viel Zeit für private Gebete und Meditation. Die Mönche speisten nur am Abend zusammen, die anderen Mahlzeiten nahmen sie in der Abgeschiedenheit ihrer Zellen oder an ihren Arbeitsplätzen ein.

Des Weiteren gab es einen Lageplan vom Inneren und auch vom Äußeren des Klosters, auf dem mit einer gepunkteten roten Linie oder einem Kreuz markiert worden war, zu welchen Bereichen ich keinen Zutritt hatte. Draußen durfte ich mich fast überall aufhalten. Ich konnte in die Kapelle gehen, in das Refektorium, in die Bibliothek und in die Gemeinschaftsräume des Klosters. Anscheinend stand es mir auch frei, die Küchen und die Schreinereien zu besuchen, die Keller, die Molkerei und den Kuhstall, falls ich wollte.

Ich hatte geplant, nach dem Essen einen Spaziergang um die Gebäude zu machen. Doch kaum war ich beim Obst angelangt, überkam mich eine Müdigkeit, die mich schwindelig und meine Gliedmaßen so schwer machte, als wären sie mit Sägemehl gefüllt.

Ich öffnete das Fenster ein Stück weiter, worauf die süße Luft von den Bergen hereinströmte, durchsetzt mit dem Duft der Kiefern. Dann legte ich mich hin und fiel beim sanften Läuten der Kuhglocken in den tiefsten Schlaf, den ich je hatte.

In mauvefarbenem Zwielicht wachte ich wieder auf. Die Sterne waren hinter dem Berg hervorgekommen, und es war Vollmond. Ich blieb ruhig liegen und genoss die außergewöhnliche Stille. Die morgendliche Fahrt durch das Gewitter und das Entsetzen, beinahe ein Kind überfahren zu haben, schienen in eine andere Zeit zu gehören. Mir kam es vor, als wäre ich seit Wochen in diesem kleinen, weiß getünchten friedvollen Raum. Nach einem Augenblick hörte ich irgendwo im Kloster eine Glocke läuten, welche die Mönche zu weiteren Gebeten, weiteren feierlichen Gesängen rief.

Vorsichtig stand ich auf, doch mir war überhaupt nicht mehr schwindlig, obwohl sich meine Gliedmaßen immer noch schwer anfühlten. Ich ging ans Fenster, um die Abendluft einzuatmen. Ein frischer Krug Wasser war auf den Tisch gestellt worden, und ich trank ein Glas mit demselben Genuss wie ein Glas guten Weins.

Ich sah den Himmel dunkler und die Sterne heller werden. Ob ich wohl den Weg nach draußen finden würde? Mir war danach, wenigstens ein bisschen spazieren zu gehen, doch während ich noch darüber nachdachte, hörte ich rasche Schritte. Der Gastmeister klopfte und trat lächelnd ein. Er war ein Mann, dessen Gesicht ein ständiges Willkommen und gute Laune ausstrahlte.

»Ah, Monsieur Snow, *bonsoir, bonsoir*. Das ist gut. Jedes Mal, wenn ich hereingekommen bin …« Mit einer Geste deutete er Schlaf an, schloss die Augen, legte beide Hände neben sein Gesicht.

»Vielen Dank, ja. Ich habe geschlafen wie ein Baby.«

»Es scheint Ihnen besser zu gehen, aber der Infirmarius wird noch einmal kommen, um sich zu vergewissern.«

»Nein, mir geht's gut. Bitte bemühen Sie den Bruder nicht noch mal. Ist es zu spät für das Treffen mit dem Bibliothekar?«

»Ah, ich fürchte, ja. Doch er wird sich gerne morgen Vormittag mit Ihnen treffen. Ich wollte Sie lieber nicht wecken.«

»Ob ich noch einen kurzen Spaziergang machen könnte? Mir ist nach etwas frischer Luft.«

»Ah. Lassen Sie mich überlegen. Ich habe in Kürze ein Offizium, doch ja, kommen Sie mit mir, kommen Sie mit, schnappen Sie ein wenig Luft – es ist sehr mild draußen. Nach dem Offizium werde ich

Sie dort abholen und Ihnen danach das Abendessen bringen. Wir gehen früh zu Bett, wissen Sie, aber morgen werden Sie dann mit uns im Refektorium speisen, als unser Gast. Bitte.« Er hielt mir die Tür auf, und wir gingen den Korridor entlang.

Die Steintreppe führte in einen langen, kühlen Kreuzgang, und während wir hinuntergingen, hörte ich von allen Seiten Schritte, leises, schnelles Trappeln auf dem Stein, dann tauchten die Mönche auf, die Kapuzen über den gesenkten Köpfen, die Arme in den weiten Ärmeln ihrer Kutten verschränkt.

Der Gastmeister führte mich aus einer Tür am hinteren Ende des Kreuzgangs in einen weiten Innenhof unter den Sternen. Er zeigte auf eine Tür in der Mauer.

»Dort, bitte, gehen Sie dort hindurch in den Klostergarten. Ganz still und wohltuend, er wird Ihnen gefallen. Ich komme in zwanzig Minuten wieder. Morgen werden Sie sich dann hier schon besser auskennen.«

Er strahlte und drehte sich um, ging rasch hinter den anderen Mönchen auf die Kapelle zu, in der die Glocke weiterläutete.

12

Ich ging zwischen den Klostergebäuden auf den Kreuzgang am hinteren Ende zu. Niemand war hier, bis auf eine kleine schwarz-weiße Katze, die sich in den Schatten verzog, als ich mich ihr näherte. Ich erfreute mich an der Schönheit des durch die Bogenreihe gebildeten Musters und der Steine des Bodens. Alles war still. Der Gesang der Mönche bei ihrem Offizium drang nicht durch die Mauern. Am Ende des Kreuzgangs trat ich vom Pfad auf das kurz gemähte Gras. Ich hatte den Garten gefunden, wenn auch einen ohne Blumenbeete oder Bäume, und blieb stehen. Auf drei Seiten war ich von Kreuzgängen umgeben, auf der vierten von einem weiteren Gebäude. Im Mondlicht war noch genug zu erkennen.

Was waren das wohl für Männer, die nicht nur für eine kurze Einkehr oder Erholung hierherkamen, sondern für ein ganzes Leben? Ungewöhnliche Männer, möchte man meinen. Doch der Gastmeister wirkte robust und dynamisch, ein Mann, dem man überall begegnen könnte.

Ich fragte mich, wie der Bibliothekar und der Abt wohl sein würden. Mit diesen Gedanken beschäftigt, überquerte ich den Rasen, und als ich den Mittelpunkt des langen, rechteckigen Gartens erreichte, bemerkte ich ein Wasserbecken. Auch das war rechteckig und ebenerdig, eingefasst mit breiten Steinen. Ob in dessen Tiefe wohl Fische ein kühles, mysteriöses Leben führten?

Als ich näher trat und ins Wasser schaute, spürte ich die kleine Hand in der meinen. Mir war, als bliebe mir das Herz stehen. Doch diesmal umklammerte die Hand meine nicht, und ich hatte auch nicht das Gefühl, vorwärtsgezogen zu werden. Es war wie an jenem ersten Abend, nur eine Kinderhand in der meinen.

Ich schaute in das stille, dunkle Wasser, auf dem das Mondlicht ruhte, und da sah ich es. Was ich sah, war so deutlich und so seltsam und so real, dass ich nicht daran zweifeln konnte, und ich habe auch seitdem nie daran gezweifelt.

Ich sah das Gesicht eines Kindes im Wasser. Das Gesicht war nach oben gerichtet und sah mich direkt an. Es war keine Verzerrung des Wassers, auch kein Spiel des Mondlichts mit den Schatten. Alles war so still, dass nicht einmal das kleinste Kräuseln die Oberfläche bewegte. Das Alter des Jungen zu schätzen war nicht leicht, er war vielleicht drei oder vier. Er hatte ein ernstes und sehr schönes Gesicht, eingerahmt von Locken. Seine Augen standen weit offen. Das war kein totes Gesicht, sondern das eines lebenden, atmenden Kindes, wobei ich weder Gliedmaßen noch einen Körper sah, nur das Gesicht. Ich schaute ihm in die Augen, und er blickte zurück, und als wir uns ansahen, verstärkte sich der Griff der kleinen Hand. Ich konnte kaum atmen. Die Augen des Kindes hatten einen besonderen Ausdruck. Sie flehten mich an, drängten mich. Ich schloss die Augen. Als ich sie wieder öffnete, war er immer noch da.

Jetzt umklammerte die kleine Hand die meine fester, und ich spürte den entsetzlichen Drang, mich kopfüber ins Wasser zu stürzen, wie ich ihn schon zuvor erlebt hatte. Ich konnte dem Kind nicht ins Gesicht sehen, da ich unfähig sein würde, ihm seinen Wunsch abzuschlagen. Sein Ausdruck war so voller Sehnsucht und Verlangen, dass es mir nicht möglich sein würde, ihm zu widerstehen. Ich schloss die Augen, doch die Hand zog so stark, dass ich befürchtete, das Gleichgewicht zu verlieren. Angst erfüllte mich, und ich fühlte mich unwohl, mein Herz hämmerte, und meine Gliedmaßen waren so schwer, dass ich, als ich mich mit allerletzter Entschlossenheit vom Wasserbecken abwandte, stolperte und hinfiel. Im Fallen streckte ich die linke Hand aus und versuchte, die kleinen Finger zu lösen, doch da ließ sich nichts greifen, wenn auch das Gefühl, von ihnen gehalten zu werden, nicht nachließ.

»Lass mich in Ruhe«, sagte ich. »Bitte geh. Bitte

geh.« Ich hörte mich sprechen, aber meine Stimme klang seltsam, ein rauer, flüsternder Schrei, während ich mich bemühte, zu Atem zu kommen.

Die Hand zog immer noch an meiner, drängte mich aufzustehen, drängte mich, das zu tun, was sie wollte, dorthin zu gehen, wo sie mich haben wollte.

»Lass mich los!«, schrie ich, und mein Schrei hallte durch die stillen Kreuzgänge.

Ich hörte einen Ruf, und rasche Schritte kamen über den Rasen auf mich zu. Frère Jean-Marc kniete sich neben mich, ergriff meine Schultern, richtete mich auf und beruhigte mich mit sanfter, freundlicher Stimme.

Schon bald wurde meine Atmung ruhiger, und ich hörte auf zu zittern. Ein leichter Windhauch, der nach Kiefern roch, kam von den Bergen, kühlte mein Gesicht.

»Erzählen Sie es mir«, sagte der Mönch mit besorgter Miene, »erzählen Sie mir, was Sie quält. Erzählen Sie – wovor haben Sie Angst?«

13

Es konnte keinen Ort geben, der für die Sinne beruhigender und für den Geist bereichernder war als die große Bibliothek des Klosters Saint Mathieu.

Als ich am nächsten Tag in diesem stillen und wunderschönen Raum saß, hielt ich mich für einen der glücklichsten Menschen der Welt, und nichts von dem, was mir widerfahren war, erschien mir schlimmer zu sein, als von einer Fliege gestreift zu werden.

Die Bibliothek war in einem separaten dreistöckigen Gebäude untergebracht. Eine steinerne Wendeltreppe führte von den Kreuzgängen zunächst in einen schlichten Lesesaal mit Tischen aus hellem Holz und dann hinauf in das Stockwerk, in dem, wie mir der Bibliothekar mitteilte, alle sakralen Bücher und Manuskripte untergebracht waren, viele davon in mehreren Ausgaben.

Doch es war der oberste Raum mit den hohen, schmalen Fenstern, durch die helle Lichtstrahlen einfielen, und einer umlaufenden Empore, der mir den Atem nahm. Falls ich ihn mit irgendeiner anderen mir bekannten Bibliothek vergleichen wollte, dann am ehesten mit der Duke Humfrey in der Bodleian, diesem ehrfurchtgebietenden Raum, nur war die Klosterbibliothek geräumiger und ohne jedes Gefühl von Klaustrophobie.

Zuerst stand ich nur da und bewunderte die Pracht der Regale, die Erhabenheit der gewaltigen Sammlung, die Ordnung und Symmetrie des großen Raumes. Selbst wenn es sich bei den Büchern nur um Attrappen gehandelt hätte, wäre es äußerst beeindruckend gewesen. Unterteilt wurden die Regale von schlanken Steinsäulen und Lesetischen in halbrunden Nischen.

Der Boden war aus gebohnertem honigfarbenem Holz, und in der Mitte stand eine Reihe von Tischen. Am anderen Ende, hinter einem geschnitzten Paravent, befand sich das Büro des Bibliothekars. Entlang der gegenüberliegenden Rückwand standen hohe Schränke, die, wie mir gesagt wurde, die kostbarsten Manuskripte der Sammlung enthielten.

Die Schränke waren nicht verschlossen. Als ich das bemerkte, lächelte der Bibliothekar nur. »*Mais pourqoui?*«

In der Tat. Wo sonst auf der Welt waren so viele seltene und kostbare Dinge vollkommen vor Diebstahl geschützt? Der einzige Grund, sie hinter Schranktüren zu lagern, war, sie vor Schäden zu bewahren.

Der Bibliothekar hatte mir ein wunderbares Buch nach dem anderen gebracht, nur um mich zu erfreuen – Bildhandschriften, seltene Psalter, Bibeln mit prachtvollen Einbänden. Er war ein alter Mann, ging recht gebeugt und bewegte sich, wie ich es bei allen anderen Mönchen beobachtet hatte, mit langsamen und gemessenen Schritten, als wären Hast und Eile nicht nur eine Verschwendung an Energie, sondern ungeistlich. Alles wurde erledigt, doch niemand war in Eile. Sein Englisch war beinahe fehlerlos – er erzählte mir, er habe fünf Jahre am St John's College in Cambridge studiert. Seine Interessen waren weit gefächert, seine Bildung umfassend und seine Freude an der Bibliothek deutlich zu erkennen. Er hatte einen besonderen Dispens bekommen, um mit mir sprechen zu dürfen, doch er ging mit Wörtern ebenso sparsam um wie mit Bewegungen.

Nach einem späten Besuch des Infirmarius, der mir etwas gegeben hatte, das er als *»un peu de somnifère gentil«* beschrieb – eine dunkelgrüne Flüssigkeit in einem Medizinglas –, hatte ich gut und traumlos geschlafen. Er hatte mich auch untersucht und schien überzeugt zu sein, dass ich körperlich gesund war. Frère Jean-Marc hatte mir mein Frühstück gebracht und erklärt, dass der Abt mich gerne um zwei Uhr empfangen würde, doch der Gastmeister fand, ein Besuch der Bibliothek sei wohl die beste Medizin. Womit er recht hatte.

»Und nun«, hatte Dom Martin, der Bibliothekar, gesagt, während er auf den Lesetisch zukam, an dem ich in einer der Nischen saß.

Von dort hatte ich die gesamte Bibliothek im Blick. Das Sonnenlicht zeichnete rautenförmige Muster auf den Holzboden. Hier roch es, wie immer an solchen Orten, nach Papier und Leder, Bohnerwachs, Alter und Weisheit – ein starkes Rauschmittel für jeden, der sein Leben den Büchern verschrieben hat wie ich seit vielen Jahren.

»Hier ist sie. Vielleicht haben Sie schon mal eine gesehen – schließlich sind über zweihundert davon auf der Welt verstreut –, doch Sie werden sehen, dass diese etwas Besonderes ist. Ich glaube, Sie werden sehr positiv überrascht sein.« Er lächelte verschmitzt, sein altes Gesicht voller Begeisterung, während er das Buch in den Händen hielt.

Ich hatte tatsächlich schon First Folios von Shakespeares Werken gesehen. Wie der Bibliothekar sagte, sind sie nicht besonders selten, und ich hatte mir in England wie auch im Ausland verschiedene angeschaut. Vor meiner Reise nach Saint Mathieu hatte ich auch zwei Folios genau geprüft, um beurteilen zu können, ob die mir gezeigte echt war. Unmöglich war es nicht. Nur von knapp über zweihundert Ausgaben ist der Verbleib bisher bekannt, doch die Auflage des Buches betrug vermutlich an die siebenhundertfünfzig. Selbst wenn die meisten die Zeit nicht überdauert haben, spricht nichts dagegen, dass noch mehrere existieren, vergraben in irgendeiner Bibliothek – vielleicht in einer wie dieser.

Das Buch, das Dom Martin in den ausgestreckten Händen hielt, war groß. Behutsam legte er es vor mir auf den Tisch, wartete jedoch nicht ab, bis ich es geprüft hatte. Eine der zahllosen Glocken läutete, rief ihn zum Gebet. Er verließ den großen Raum, und ich hörte seine Schritte auf der Steintreppe, während die Glocke weiterläutete. Zwei andere Mönche, die bisher schweigend gearbeitet hatten, folgten ihm, und ich blieb allein zurück, um das zu überprüfen, was ich innerhalb weniger Minuten, fast ohne jeden Zweifel, als eine sehr gut erhaltene Ausgabe der First Folio identifizierte. Das allein war aufregend genug, doch zusätzlich trug die Titelseite auch noch die Unterschrift von Ben Jonson. Natürlich würde ich das überprüfen müssen, doch aus dem Gedächtnis erschien mir die Signatur echt zu sein. Demnach hielt ich Jonsons Ausgabe von Shakespeares Werken in den Händen. Ein außergewöhnlicher Moment.

Mit großer Vorsicht und wahrer Freude blätterte ich die Seiten um und hoffte, das Buch für Sir Edgar Merriman erwerben zu können. Nach einem Moment sah ich auf und blickte mich in dem schönen Raum um. Mir ging es gut. Ich war ganz ruhig. Ich fühlte mich auch sicher, wohingegen ich mich draußen nirgendwo mehr sicher fühlte, aus Angst vor dem, was geschehen könnte, und dem Griff der kleinen Hand. Dann richtete ich meine Aufmerksamkeit wieder auf das vor mir liegende Buch.

Den Rest des Vormittags verbrachte ich gemütlich in der Bibliothek, bevor ich um ein Uhr in mein Zimmer zurückkehrte, in das mir der Gastmeister eine einfache Mahlzeit brachte. Um zwei kam er zurück, um mich zum Abt zu führen. Ich hatte das Gebäude seit dem gestrigen Abend nicht mehr verlassen, wenngleich es ein wunderschöner Tag war und der strahlend blaue Himmel sowie die klare Luft mich hinauslockten. Doch wenn ich auch nur daran dachte, die Sicherheit der Klostermauern zu verlassen, spürte ich wieder Angst in mir aufsteigen.

Der Abt war ganz anders, als ich ihn mir vorgestellt hatte. Ich hatte einen hochgewachsenen, stattlichen, ernsten älteren Mann erwartet. Er war jedoch klein, hatte freundliche Gesichtszüge und tief liegende Augen. Er sprach gut Englisch, hörte aufmerksam zu, zeigte wenig Reaktionen, doch hin und wieder verzog sich sein Gesicht zu einem warmen, einnehmenden Lächeln. Er war mir sympathisch. Seine ganze Art beruhigte mich, und nach zehn Minuten in seiner Anwesenheit erkannte ich, dass er ein Mann von unscheinbarem Äußeren war, hinter dem sich beträchtliches menschliches Verständnis und Weisheit verbargen.

Wir sprachen zunächst über das Geschäftliche, über den Verkauf der Schätze des Klosters und insbesondere der Folio, und ich bemerkte schnell, dass die Dinge wohl problemlos laufen würden. Die Erwägungen, überhaupt etwas zu verkaufen, waren lang, sorgfältig und vermutlich schmerzvoll gewesen, doch sobald die Entscheidung gefallen war, würde sie pragmatisch und effizient umgesetzt werden. Sie mussten die Erhaltung und das Überleben des Klosters für die Zukunft sicherstellen.

»Monsieur Snow, ich möchte, dass sie wissen, dass Sie gerne hier bei uns bleiben können, bis Ihre Gesundheit völlig wiederhergestellt ist. Wir werden natürlich für Sie sorgen. Das hier ist ein sehr heilsamer Ort.«

»Das ist mir bewusst. Ich spüre es ganz deutlich. Und ich bin Ihnen sehr dankbar.«

Er wartete schweigend, geduldig, und während er wartete, verspürte ich das Bedürfnis, es ihm zu erzählen, ihm alles zu erzählen, was passiert war, von den seltsamen Ereignissen zu berichten und von meiner Angst, ihn zu bitten – worum? Mir zu glauben? Die Dinge zu erklären?

In dem ordentlichen Büro war es ganz still. Was mochten die anderen Mönche jetzt machen? Vermutlich waren sie in ihren Zellen, beteten, lasen sakrale Bücher, meditierten. Von den Bergen wehte das Läuten der Kuhglocken herüber. Ich schaute den Abt an.

»Ich frage mich«, setzte ich an, »ob ich verrückt werde oder ob mich etwas verfolgt. Ich weiß nur, dass mir Dinge zustoßen, die ich nicht verstehe. Ich bin immer ein gesunder, ausgeglichener Mensch gewesen. Bis – das begann.«

Sein Blick ruhte auf meinem Gesicht, seine reglosen Hände lagen auf den Armlehnen. Sein Habit mit der zurückgeschlagenen Kapuze warf ordentliche Falten, als hätte ein alter Meister ihn gemalt. Er drängte mich nicht. Ich spürte, dass er es akzeptieren würde, egal wie ich mich entschied – den Raum jetzt zu verlassen, ohne mehr zu sagen, oder mich ihm anzuvertrauen und um seinen Rat zu bitten.

Ich begann zu reden. Vielleicht hatte ich nicht vorgehabt, ihm alles zu erzählen, selbst die Einzelheiten über den Nervenzusammenbruch meines Bruders, doch ich tat es. Zwischendurch erhob er sich einmal und schenkte mir ein Glas Wasser aus einer Karaffe von einem Steinsims ein. Ich trank begierig, bevor ich fortfuhr. Das Sonnenlicht, das sich schräg über seinen Schreibtisch gelegt hatte, wanderte weiter und verschwand. Zweimal läutete die Glocke, doch der Abt nahm keine Notiz davon, saß nur auf seinem Stuhl, den Blick voller Besorgnis auf mich gerichtet, hörte zu, hörte zu.

Ich beendete meinen Bericht und verstummte, plötzlich jeder Energie beraubt. Wenn ich in mein Gästezimmer zurückkehrte, würde ich bestimmt wieder in diesen tiefen, erschöpften Schlaf fallen, an den ich mich hier schon gewöhnt hatte.

Der Abt saß einen Moment lang gedankenverloren da, während ich mich zurücklehnte, leicht benommen, aber auf gewisse Weise reingewaschen und klar, als hätte ich einem Priester eine ganze Liste schrecklicher Sünden gebeichtet.

Schließlich sagte ich: »Sie halten mich bestimmt für verrückt.«

Er winkte ab. »*Mais non.* Ich glaube, Ihnen sind schreckliche Dinge zugestoßen, die Sie zutiefst berührt haben. Doch welche Dinge und warum? Können Sie mir bestätigen, dass Ihnen nichts dergleichen je widerfahren ist, bevor Sie rein zufällig dieses Haus fanden?«

»Absolut nichts. Dessen bin ich mir ganz sicher.«

»Und diese Hand? Die Hand des Kindes, die zuerst in keiner Weise beunruhigend war?«

»Nein. Das kam mir nur seltsam vor.«

»Bien sûr.«

»Erst später spürte ich die Feindseligkeit, den Wunsch, mir Schaden zuzufügen. Echten Schaden. Mich ins Verderben zu stürzen.«

»In diese Becken. Ins Wasser. Über den Abgrund in den See in der Schlucht.«

»Aber warum?«, rief ich laut. »Warum will dieses Ding mir schaden?«

»Ich glaube, Ihnen bleibt nur, sich entweder zu entscheiden, das nie zu erfahren und zu beten, dass es der Misserfolge müde wird und sein Vorhaben aufgibt. Oder Sie entscheiden sich dafür, es herauszufinden, falls das möglich ist …«

»Ich soll mich dem Geist stellen?«

»*Qui.*«

»Glauben Sie, dass dieses Ding – das Kind – was auch immer es ist –, glauben Sie, dass es tatsächlich existiert?«

»Geister existieren, *bien sûr*. Gott existiert. Das Böse existiert. Vielleicht ist der Geist dieses Kindes verwirrt und unglücklich. Viellcicht hat es ein Anliegen.« Er zuckte mit den Schultern. »Ich glaube, dass Sie gelitten haben. Ich glaube, es würde Ihnen guttun, hierzubleiben und sich von uns helfen zu lassen, Sie zu stärken.«

»Aber es hätte doch ausgerechnet hier nicht wieder passieren dürfen? Wenn ich hier nicht sicher bin …«

»Sie sind hier vollkommen sicher. Zweifeln Sie nicht daran. Ihnen wird die ganze Kraft, der ganze Schutz unseres gepriesenen Herrn und Seiner Heiligen und unserer Gebete für Sie zuteilwerden. Sie sind von den starken Mauern des Gebetes umgeben, Monsieur Snow. Vergessen Sie das nicht.«

»Vielen Dank. Ich werde es versuchen.«

»Schließen Sie sich heute Abend in der Kapelle unseren Nachtgebeten an, falls Sie sich gesund und dazu in der Lage fühlen. Sie spenden großen Frieden, große Kraft, um die Gefahren der Dunkelheit abzuwehren. Und wenn Sie sich entscheiden, sich *le fantôme* und Ihren Ängsten zu stellen, werden Sie ebenfalls unter Schutz stehen, unter dem Schild unserer Gebete.«

»Was sollte ich Ihrer ehrlichen Meinung nach tun, Vater Abt?«

»Ah. Ich denke, es ist immer besser, den Dingen ins Auge zu blicken. Den Stachel zu ziehen. Doch diese Entscheidung können nur Sie selbst treffen.«

Mit einer geschmeidigen, fließenden Bewegung des Körpers und des Gewandes stand er auf, hob die rechte Hand, um über mir das Kreuzzeichen zu machen, und führte mich dann zur Tür. Von dort sah er mir nach, während ich durch den Kreuzgang schritt, und als ich mich zu ihm umdrehte, war sein Ausdruck ernst. Er hatte mir geglaubt. Er hatte mir aufmerksam zugehört, mich ernst genommen und nicht versucht, plausible Erklärungen zu liefern. Dafür war ich ihm zutiefst dankbar.

Ich kehrte in mein Zimmer zurück und schlief, doch als ich aufwachte, hatte ich das Bedürfnis nach frischer Luft, und ich fand den Weg hinunter zum Innenhof, ohne in den Steinkorridoren allzu oft falsch abzubiegen. Diesmal schlug ich die entgegengesetzte Richtung zu der des gestrigen Abends ein und ging stattdessen durch ein Tor in der Mauer zum Haupteingang und von dort zu den kieferbedeckten Hängen, auf einem schmalen, steil ansteigenden Weg, der, da war ich mir sicher, schließlich zu einem der Berggipfel führen würde. Ich bin kein Bergsteiger und wanderte etwa zwanzig Minuten über den schmalen Weg, der sich zwischen den großen dunklen Bäumen schlängelte. Der Boden war mit einem weichen Teppich aus Kiefernnadeln bedeckt, meine Schritte waren geräuschlos, und als ich hochschaute, sah ich blau-violette Flecken am Himmel hoch über den Baumwipfeln. An einer Lichtung waren einige Bäume gefällt worden und lagen am Boden. Ich setzte mich. Kein Vogelgesang war zu hören, keine Tierlaute, nur winzige Spinnen und andere Insekten huschten auf den Baumstämmen und zu meinen Füßen umher. Mir ging auf, dass ich wartete. Ich streckte sogar meine Hand aus.

Eine kleine Spinne lief darüber. Mehr nicht.

Vorsichtig ging ich den Weg zurück. Als ich durchs Tor trat, hörte ich Stimmen, die nicht aus dem Inneren des Klosters kamen, sondern von irgendwo hinter dem äußeren Hof. Entlang der Kreuzgänge näherte ich mich dem inneren Garten. Etwa zwanzig Mönche standen um das Wasserbecken. Einer schwenkte behutsam ein Turibulum, aus dem sanfte Weihrauchwolken über die Oberfläche des Wassers wehten. Ein weiterer hielt ein Kreuz. Die anderen sangen einen gregorianischen Choral, hielten ihre Gebetbücher vor sich, die Köpfe leicht gesenkt. Stumm blieb ich stehen, bis der Gesang endete, dann sah ich, wie der Abt die Hand hob und einen abschließenden Segen sprach, während er das Kreuzzeichen machte. Ich begriff, dass das Wasserbecken, in dem ich das nach oben gewandte Gesicht des Kindes gesehen und zu dem es mich so eindringlich hingezogen hatte, gesegnet, geweiht worden war. Sicher gemacht.

Darüber war ich froh. Doch während ich durch die Kreuzgänge zurückging, war mir bewusst, dass die Vorkehrung des Abtes nicht nötig gewesen war, denn nicht die Mönche waren in Gefahr oder irgendjemand anders, der diesen stillen und heiligen Ort besuchte. Was auch immer sich hier eingefunden hatte, war meinetwegen gekommen. Wenn ich das Kloster verließ, würde es mit mir gehen.

14

Four Ragged Staff Lane
Oxford OX2 1ZZ

Adam,

großartige Nachrichten. Gut gemacht! Ich wusste, dass Du Dich mit den Mönchen einigen würdest, und bin begeistert über Deine Bestätigung, dass es sich tatsächlich um eine First Folio handelt und Du sie Dir sichern konntest. Dein Kunde kann sich glücklich schätzen.

Komm bald wieder nach Oxford.

Grüße,
Fergus

Ravenhead
Ditchford
West Sussex

Lieber Mr Snow,

wir freuen uns sehr darauf, Sie am kommenden Mittwoch hier zum Essen und Übernachten begrü-

ßen zu dürfen. Sie müssen uns alles über Ihren Besuch in Frankreich erzählen. Mein Mann kann es kaum erwarten.

In der Zwischenzeit habe ich mich, da ich mit zunehmendem Alter mehr Zeit zur Verfügung habe, als mir guttut, ein wenig in die Geschichte des Weißen Hauses vertieft und bin auf ein oder zwei Informationsschnipsel gestoßen, die sich vielleicht zusammenfügen lassen. Doch falls Sie keinerlei Interesse mehr daran haben, müssen Sie mir das nur sagen.

Wir erwarten Sie zwischen sechs und sieben Uhr abends.

Mit allen guten Wünschen,
Alice Merriman

Hallo. Das ist der Anschluss von Adam Snow. Leider bin ich momentan nicht erreichbar. Bitte hinterlassen Sie mir eine Nachricht, und ich rufe Sie zurück.

Hier ist Hugo. Bin mir nicht sicher, ob du zurück bist. Ich habe darüber nachgedacht, was du mir bei deinem letzten Besuch erzählt hast. Wollte dir nur sagen, dass da bestimmt nichts dran ist. Vielleicht hattest du dir einen Virus eingefangen. Du weißt schon, manche bekommen Depressionen nach einer Grippe, so was in der Art. Also, falls du dir deswegen Sorgen machst, lass es sein. Da war bestimmt nichts. Okay, das war's. Ruf uns irgendwann an.

15

Natürlich musste ich noch einmal zurückkehren. Sobald ich meine Fahrt zu Sir Edgar Merriman wegen der Folio geplant hatte, stellte sich das Gefühl ein – wie ein magnetisches Ziehen in meinem ganzen Sein. Es war da, wenn ich schlief und wenn ich wach war, es war den ganzen Tag in meinem Hinterkopf, und es war sogar in meinen Träumen. Ich hätte dieser eigentümlichen Kraft nicht widerstehen können und versuchte es auch nicht. Ich fürchtete mich vor dieser Kraft und hielt es doch für das Beste, ihr zu gehorchen, hielt es für das Einzige, was ich tun konnte, um meine geistige Gesundheit zu bewahren. Ich hoffte, dass die Mönche weiterhin für meinen Schutz beteten.

Diesmal verfuhr ich mich nicht. Diesmal fand ich das Haus nicht durch Zufall. Diesmal hatte ich meine Route Tage vorher auf einer Karte eingezeichnet und die letzten paar Meilen sorgfältig berechnet, damit ich genau wusste, wo ich abbiegen und wie lange es dauern würde, nachdem ich die Hauptstraße verließ. Diesmal folgte ich langsam der schmalen Straße zwischen den hohen Böschungen, an der die riesigen

Baumstämme in der Düsternis mir bedrückend nahe kamen, und ich nahm alles wahr, als hätte ich eine bewusstseinserweiternde Droge genommen, so deutlich sah ich alles, so plastisch wirkten die Einzelheiten jeder Baumwurzel, jedes Erdklumpens, jedes tief hängenden Astes.

Es war ein ruhiger Tag, auch wenn der Himmel bedeckt war. Früher am Tag hatte es ein paar Schauer gegeben, und als ich auf der Lichtung aus dem Auto stieg, war die Luft feucht und still.

Ich war nicht unvorbereitet gekommen, hatte eine Drahtschere und eine Gartenschere dabei. Von Gestrüpp oder Zäunen würde ich mich nicht abhalten lassen.

Was würde ich finden? Ich wusste es nicht und bemühte mich, meine Phantasie im Zaum zu halten. Ich würde der beharrlichen inneren Stimme gehorchen, die mir sagte, dass ich zurückkommen und es dort verstehen würde. Es sehen würde.

Alles wirkte unverändert. Einen Moment lang blieb ich neben dem Auto stehen, ging dann zum Tor, drückte es auf, spürte es über den Boden schleifen wie bei meinem ersten Besuch und trat auf das alte Kassenhäuschen zu. Das Pappstück hing immer noch vorne am Hinweisschild, das Gitter vor dem Kassenhäuschen war nach wie vor heruntergelassen. Ich blieb stehen und wartete einen Moment. In der linken Hand hielt ich die Scheren, die rechte war leer. Doch auch nach mehreren Minuten war nichts passiert. Meine Hand blieb leer. Mit einer halb bewussten, halb reflexhaften Bewegung krümmte ich die Finger. Keine Reaktion.

Die Luft war schwer, die Büsche zu beiden Seiten üppig, die Blätter eines alten Lorbeers glänzten feucht vom Regen. Ich hatte Gummistiefel angezogen, damit ich mich ungehindert durch das hohe Gras bewegen konnte.

Ich kam auf die Lichtung. Da stand das Haus. Das Weiße Haus. Leer. Halb verfallen, die Scheiben in einigen Fenstern zerbrochen. Die Steine des Vorhofs waren mit dickem, samtigem Moos überzogen.

Ich wandte mich ab. Seitlich befand sich ein weiteres niedriges Holztor, gesichert durch ein altes Vorhängeschloss und eine rostige Kette, beide glänzend vor Feuchtigkeit. Doch das Vorhängeschloss hing offen herab, und das Tor war so verrottet, dass es unter dem Druck meiner Hand nachgab. Ich trat hindurch. Vor mir führte ein Pfad zwischen alten, hohen Eibenhecken hindurch. Dem folgte ich. Die Sicht war trotz des bedeckten Himmels recht gut, denn es war erst halb sechs, und mir blieb noch genügend Licht. Der Pfad führte weiter geradeaus. An seinem Ende war ein Bogengang in die Hecke geschnitten worden, und obwohl davor Efeu herabhing, blieb der Weg frei, und ich brauchte die mitgebrachten Scheren nicht einzusetzen. Ich ging hindurch und vier Steinstufen hinab, die in einem Halbkreis angelegt waren, und entdeckte, dass hier einst eine riesige Rasenfläche gewesen sein musste, mit einer Mauer am hinteren Ende und den dicht überwucherten Resten breiter Blumenbeete. Obstbäume, knorrige und zerfurchte alte Apfel- und Birnenbäume, bildeten eine Art Allee – ich weiß, dass es korrekte Gartenbauausdrücke für diese Dinge gibt. Auf der anderen Seite der Rasenfläche, deren Gras mit Brennnesseln und bösartigen Disteln durchsetzt war und so hoch stand, dass es die Ränder meiner Gummistiefel überragte, verlief noch eine hohe Eibenhecke mit einem weiteren Bogengang. Ich machte kehrt. Auf der einen Seite führte ein Pfad diagonal auf ein Waldgebiet zu. Ich ging in die entgegengesetzte Richtung zu einem offenen Tor in einer hohen Mauer. Dahinter musste es einst ordentliche, in Mustern angelegte Beete zwischen alten Kiespfaden gegeben haben. Ich erinnerte mich an Bilder elisabethanischer Knotengärten. In die Mitte jedes Beets waren kleine Bäume gepflanzt worden, die meisten sahen allerdings aus, als wären sie abgestorben. Ich bückte mich, pflückte einen drahtigen Stängel von einem Busch neben mir und zerbrach ihn. Lavendel.

Hin und wieder blieb ich stehen und wartete. Aber

da war nichts. Nichts bewegte sich, und kein Vogelgesang war zu hören.

Ein trauriger Ort, doch ich fühlte mich weder beklommen noch ängstlich, nichts wirkte sonderbar an diesem verlassenen Garten. Er erfüllte mich mit Melancholie. Einst war es ein Ort der Farben und Schönheit gewesen, voller Wachstum und Vielfalt – voller Menschen. Ich sah mich um, versuchte mir vorzustellen, wie sie herumschlenderten, sich bückten, um eine Blume genauer zu betrachten, bewundernd, genussvoll, paarweise oder in kleinen Gruppen.

Jetzt war niemand hier, und die Natur holte sich alles zurück. Ließe sich in ein paar Jahren noch erkennen, dass hier überhaupt ein Garten gewesen war?

Die Stille war außergewöhnlich, die gleiche Stille, wie ich sie in den Anlagen des Klosters erlebt hatte. Aber hier beruhigten mich keine sanften Kuhglocken aus der Ferne. Ich überlegte, welchen Weg ich einschlagen sollte. Ich war hergekommen, weil mir keine andere Wahl geblieben war. Doch was nun?

Einer Antwort gleich schob sich die kleine Hand in die meine, hielt sie fest und zog mich durch das hohe Gras zur hinteren Hecke.

Das Rascheln meiner Stiefel durchbrach die beklemmende Stille. Einmal meinte ich, etwas zu hören, direkt hinter mir, und drehte mich um. Da war nichts. Vielleicht war ein Kaninchen oder eine streunende Katze hinter – ich wollte »uns« sagen, denn so empfand ich es jetzt ganz eindeutig. Wir waren zu zweit.

Ich erreichte die andere Seite mit dem Bogengang in der hohen dunklen Eibenhecke und blieb darunter stehen. Vor mir öffnete sich ein weiterer Garten, ein abgesenkter Garten, der über ein Dutzend Steinstufen zu erreichen war, die wieder im Halbkreis angeordnet und hier und da zerbrochen waren, mit Unkraut in den Fugen. Auf der anderen Seite stand eine gewaltige Zeder. Ein völlig zugewucherter Kiespfad führte rundherum. Die Einfriedung war nicht besonders groß, und die Eibenhecke umschloss sie wie eine hohe dunkle Mauer. Aufgrund dessen und wegen der Bäume auf der anderen Seite drang hier weniger Licht ein als auf der breiten, großen Fläche, die ich gerade verlassen hatte, daher war das Gras in der Mitte nicht in die Höhe geschossen, sondern nach wie vor kurz, eher wie ein Rasen, wenn auch von gelblichem Unkraut verunstaltet und mit kahlen Stellen hier und dort, wo Erde oder Steine durchschienen, wie die Schädeldecke durch das schütter werdende Haar eines alten Menschen.

Ich wollte nicht da hinunter, weil ich befürchtete, zwischen diesen dunklen Hecken zu ersticken. Aber die kleine Hand hielt meine fest umklammert und versuchte alles in ihrer Macht stehende, um mich in Bewegung zu setzen.

Und dann, als ich hinunterschaute, bemerkte ich etwas anderes. Im Mittelpunkt war ein dunkler Kreis, wie ein Feenring. Ich konnte ihn kaum erkennen, da er durch nichts Besonderes gekennzeichnet war – vielleicht eine dunklere Linie im Gras oder kleine, unter der Oberfläche verborgene Steine. Ich starrte darauf, und der Kreis schien nicht da zu sein.

Die grauen Wolken über mir teilten sich, und für einen kurzen Moment drang eine wässrige Sonne durch. In diesem Augenblick tauchte der Kreis ganz deutlich in der flüchtigen Helligkeit auf.

Die kleine Hand umfasste jetzt verzweifelt die meine. Als liefe jemand Gefahr, in einen Abgrund zu stürzen, und klammerte sich um des nackten Lebens willen an mir fest, versuchte aber gleichzeitig, mich mit hinabzureißen. Falls er fiel, würde er dafür sorgen, dass auch ich fiel. Genauso war es am Rand des Felshangs im Vercors gewesen, nur dass es da echt war. Hier gab es keinen Felshang, nur ein paar Stufen. Ich wollte sie immer noch nicht hinabgehen, konnte jedoch der Kraft der Hand nicht länger standhalten.

»Na gut«, sagte ich laut. Meine Stimme hatte an diesem verlassenen Ort einen seltsamen Klang. »Na gut. Ich tue, was du willst.«

Vorsichtig setzte ich meine Schritte auf die losen,

verwitterten Steine, bis ich in dem abgesenkten Garten stand, auf gleicher Höhe mit dem halb sichtbaren Kreis. Doch in diesem Moment verzog sich die Sonne, und ein plötzlicher Windstoß bewegte die schweren Äste des großen Baumes am anderen Ende, bevor er wieder erstarb und eine unheimliche, vollkommene Stille hinterließ.

»Was machen Sie hier?«

Der Klang der Stimme war wie ein Schuss in den Rücken. Noch nie hatte ich einen solchen Augenblick absoluten Schocks und Entsetzens verspürt.

»Der Garten ist nicht mehr für die Öffentlichkeit zugänglich.«

Ich drehte mich um.

Sie stand oben an den Stufen unter dem Bogengang, blickte hinunter, starrte mich mit ausdruckslosem Gesicht an, vermittelte aber trotzdem so etwas wie Feindseligkeit, wirkte bedrohlich. Sie war alt, wenngleich ich nicht genau schätzen konnte, wie alt, doch ihr Gesicht war von einem Netz feiner Falten überzogen, wie man sie nicht schon mit sechzig bekommt. Ihr Haar war sehr dünn, zurückgehalten von einer Art Kamm, und sie schien in mehrere Lagen alter Kleider gehüllt zu sein, wahllos ausgewählte Röcke, Strickjacken und ein uralter Regenmantel, wie eine Obdachlose, die Müllsäcke am Straßenrand durchwühlt hat.

Ich stammelte eine Entschuldigung, sagte, ich hätte nicht damit gerechnet, hier jemanden anzutreffen, hätte gedacht, das Anwesen sei verlassen … Ich stolperte über meine Worte, weil die Frau mich erschreckt hatte, und fühlte mich irgendwie desorientiert, was vielleicht daran lag, dass ich tiefer stand als sie, fast zu ihren Füßen.

»Wollen Sie nicht ins Haus kommen?«

Ich starrte sie an.

»Hier gibt es nichts mehr zu sehen. Der Garten ist verschwunden. Aber wenn Sie wissen möchten, wie er ausgesehen hat, würde ich Ihnen gerne die Bilder zeigen.«

»Wie er ausgesehen hat?«

Doch sie wandte sich bereits ab, eine kleine, wirre Gestalt, eingehüllt in Kleiderschichten, der Nacken umweht von grauen Haarsträhnen wie Wolkenstreifen.

»Kommen Sie ins Haus …« Ihre Stimme verstummte, als sie zwischen struppigem Gras und Unkrautbüscheln verschwand, die den Garten auf der anderen Seite bedeckten.

Einen Moment lang rührte ich mich nicht, konnte mich nicht bewegen. Ich blickte auf meine Füße, dorthin, wo ich den seltsamen Kreis am Boden gesehen hatte, doch er war nicht mehr da. Dann musste es wohl eine optische Täuschung gewesen sein, ein Lichtspiel. Jedenfalls hatte ich keine Ahnung, was ich darin zu erkennen geglaubt hatte – vielleicht die Grundmauern eines alten Gebäudes, eines Sommerhauses, eines Pavillons? Ich trat vor und scharrte mit dem Fuß darüber. Da war nichts. Ich versuchte mich an die Geschichten zu erinnern, die wir als Kinder über Feenringe gehört hatten. Dann wandte ich mich ab. Irgendwo hinter dem Bogengang würde sie auf mich warten. »Kommen Sie ins Haus.«

Einerseits war ich neugierig, wollte erfahren, wer sie war und was ich in dem Haus finden würde, das ich für verlassen und halb verfallen gehalten hatte. Doch andererseits hatte ich auch Angst. Ich erwog, mich durch das Gestrüpp zu schlagen, bis ich das Tor und die Auffahrt erreicht hatte, die Sicherheit meines Autos, und die alte Frau zu ignorieren. Wegzulaufen.

Ich hatte die Wahl.

Unter dem dunkler werdenden Himmel watete ich durch das Dickicht. Es war stickig und sehr still. Die Stille wirkte greifbar, wie die Stille, die sich vor einem Sturm ausbreitet.

Erst als ich den Pfad erreichte, der zwischen überwuchernden Büschen und Bäumen zum Tor führte, bemerkte ich, dass ich allein war. Die alte Frau war verschwunden, und die kleine Hand hielt meine nicht mehr umklammert.

16

Der Schlüssel war in meiner Hosentasche. Ich brauchte nur die Autotür zu öffnen, mein Werkzeug hineinzuwerfen und von hier zu verschwinden, doch im Gehen warf ich einen Blick über die Schulter zum Haus. Die Tür stand weit offen, und ich war mir sicher, dass sie zuvor fest verschlossen gewesen war. Ich zögerte, wollte mich abwenden und zum Auto gehen, war jedoch wie gebannt von dem Anblick der Tür, sicherlich geöffnet von der alten Frau, da sie mit meinem Eintreten rechnete und jetzt irgendwo drinnen auf mich wartete.

»Sind Sie da?«, rief sie.

Also hatte ich doch keine Wahl. Ich ließ die Gartenschere und die Drahtschere zu Boden fallen und ging langsam auf das Haus zu, blickte zu den Fenstern mit den morschen Rahmen hinauf, an denen die Farbe größtenteils verblichen und abgeblättert war, zu den Fensterscheiben, die schmutzig und hier und da zerbrochen, teilweise von innen mit Brettern vernagelt waren. Hier konnte sicherlich niemand leben. Bestimmt war dieses Haus verfallen und verlassen, wie ich es angenommen hatte.

Ich stieg die Stufen hinauf und zögerte an der offenen Tür. Drinnen im Haus war nichts zu erkennen, kein Licht, keine Bewegung.

»Hallo?« Meine Stimme hallte in dem dunklen Korridor vor mir wider.

Keine Antwort. Hier war niemand. Der Wind musste die Tür aufgestoßen haben. Doch die alte Frau war im Garten gewesen. Ich hatte sie gesehen, und sie hatte mit mir gesprochen. Dann hörte ich ein Geräusch, vielleicht eine Stimme. Ich trat einen Schritt vor.

Erst nach einigen Augenblicken hatten sich meine Augen an die Dunkelheit gewöhnt. Dann erkannte ich, dass ich in einer Eingangshalle stand, von der zu meiner Rechten ein Korridor abging, an dessen Ende ein Lichtschimmer zu sehen war. Dann erklang wieder die Stimme.

Das Haus roch nach Fäulnis, Schimmel und Moder. Es bot doch längst kein Zuhause mehr und musste seit Jahrzehnten unbewohnt sein. Ich streckte meine Hand aus und tastete mich an der Wand entlang durch den Korridor, obwohl ich es für unvernünftig hielt und mir einzureden versuchte umzukehren. Gerade erst war ich wieder zu Sinnen gekommen und hatte ein gewisses Maß an innerer Ruhe gefunden, nach den schrecklichen Dingen, die mir widerfahren waren: in Oxford, in den Bergen des Vercors und im Klostergarten. Ich war mir sicher, dass diese Dinge irgendwie mit diesem Haus verbunden waren und mit meinem ersten Besuch hier, bei dem die kleine Hand die meine zum ersten Mal ergriffen hatte. War ich verrückt? Ich hätte nicht wieder herkommen dürfen und sollte jetzt keinesfalls noch weiter gehen.

Doch mir war es unmöglich, stehen zu bleiben. Ich konnte nicht umkehren. Ich musste mehr erfahren.

Mit der Hand an der Wand, die kalt war und hier und da unter meinen Fingern bröckelte, bewegte ich mich vorsichtig durch den Korridor in Richtung dessen, was ich nach ein paar Metern für Kerzenlicht hielt.

»Bitte kommen Sie herein.«

Ich brauchte ein paar Sekunden, um mich in dem seltsamsten Raum zu orientieren, den ich je betreten hatte. Das flackernde Licht stammte doch nicht von Kerzen, sondern von einer Reihe uralter Paraffinlampen, die einen starken Geruch verströmten. Sogar ein wenig Tageslicht erhellte den Raum, drang durch die Verandatüren an der Rückseite, aber die Scheiben waren schmutzig, Kletterpflanzen und überhängendes Laub ließen kaum Helligkeit durch, und es war unmöglich zu erkennen, ob der Himmel gewittrig und dunkel oder nur durch den Schmutz verfinstert war.

Der Raum war groß, diverse Nischen lagen jedoch im Schatten, anscheinend vollgestellt mit abgedeckten Möbelstücken. Ansonsten war es, als hätte ich das Zimmer betreten, in dem der Junge Pip zum ersten Mal Miss Havishman begegnet.

In einer Ecke stand eine Couch, die offenbar als Bett benutzt wurde, mit einem Haufen Kissen und einem darübergeworfenen alten Quilt. Ein Korbstuhl war auf die Verandatüren ausgerichtet, daneben eine Anrichte mit zwei einst sicherlich prächtigen Kerzenleuchtern und schönem Porzellan, doch das Silber war angelaufen und fleckig, das Porzellan und die Anrichte staubig.

Die alte Frau saß in der Mitte des Raumes an einem großen runden Tisch, auf dem eine der Lampen stand. Der alte Regenmantel hing über der Stuhllehne, ansonsten war die Frau immer noch in die zerlumpten alten Kleider gehüllt. Ihre durch die dünnen Haarsträhnen schimmernde Kopfhaut wirkte gelblich im öligen Licht.

»Ich muss mich entschuldigen«, sagte sie. »Heutzutage kommen nur noch wenige Besucher. Die Menschen erinnern sich nach wie vor an den Garten, wissen Sie, und gelegentlich kommen sie hierher, aber nicht viele. Das ist alles schon so lange her. Schauen Sie hinaus.«

Ich folgte ihrem Blick durch die schmutzigen Scheiben, hinter denen ich eine Veranda ausmachen konnte, über der Glyzinien wie zerfranste Gardinen hingen, sowie einen weiteren Korbstuhl.

»Von dort kann ich den Garten besser sehen. Wollen Sie sich nicht setzen?«

Ich zögerte. Sie beugte sich vor und schob einen Stapel Abfall von dem Stuhl neben ihr, einschließlich alter Zeitungen, Pappe und Kleider.

»Zuerst zeige ich Ihnen die Bilder«, sagte sie. »Dann können wir einen Rundgang durch den Garten machen.«

Ich hatte keine Ahnung gehabt, dass hier wirklich jemand leben könnte, und nachdem ich die Frau nun gefunden hatte, konnte ich mir nicht vorstellen, wie sie tatsächlich »lebte«, wie sie sich ernährte und ob sie das Anwesen jemals verließ. Sie war eindeutig halb verrückt, eine alte Frau, die in den Gefilden der Vergangenheit lebte. Ich fragte mich, ob sie hierhergehörte, vielleicht eine Haushälterin gewesen war, oder das Haus zufällig gefunden hatte und eingebrochen war, eine Hausbesetzerin zwischen Unrat und Verfall.

Sie blickte zu mir hoch. Ihre Augen waren wässrig und bleich, wie die Augen vieler sehr alter Menschen, doch in ihrem Blick lag etwas, was mich nervös machte. Ihre Haut war pudrig und dünn wie Papier, ihre Nase ein knochiger Zinken. Ihr Alter zu schätzen, war unmöglich. Und doch war sie von seltsamer Schönheit, einer vergangenen, verblichenen Schönheit. Ich hielt ihrem Blick trotzdem stand. Sie schien wie eine dieser getrockneten und verblichenen

Blumen zu sein, die Menschen zwischen Buchseiten zu pressen pflegten, oder wie eine Schale alten Potpourris, von der ein schwacher süßlicher, geisterhafter Duft aufstieg, wenn man die Blütenblätter bewegte. Doch wenn sie sprach, war ihre Stimme klar und scharf, sie drückte sich gewählt aus. Nichts an ihr passte zusammen.

»Ich glaube, Sie haben den Garten schon einmal besucht, Mr …«

»Nein. Ich habe mich eines Abends vor ein paar Monaten verfahren und bin versehentlich auf das Sträßchen eingebogen, das zu Ihrem Haus führt. Ich hatte noch nie von dem Garten gehört. Und mein Name ist Snow.«

Sie betrachtete mich mit einem eigentümlichen, spöttischen Halblächeln.

»Bitte, setzen Sie sich doch. Ich versprach, Ihnen die Alben zu zeigen. Menschen kommen manchmal deswegen her, wissen Sie, manche kommen auch in der Erwartung, dass der Garten nach wie vor geöffnet und alles so ist, wie es immer war.« Wieder sah sie zu mir hoch. »Aber nichts ist je, wie es war, nicht wahr, Mr Snow?«

»Ich glaube, ich habe Ihren Namen nicht mitbekommen.«

»Ich ging davon aus, dass er Ihnen bekannt ist.« Sie sah mich weiter an, bevor sie eines von mehreren großen Lederalben auf dem Tisch zu sich heranzog.

Das Licht im Raum war unheimlich, eine seltsame Mischung aus flackernden Öllampen und dem von draußen hereinsickernden grauen Abendlicht, das durch die überhängenden Ranken gefiltert wurde.

»Sie können sich das nicht im Stehen anschauen. Darf ich Ihnen vielleicht etwas anbieten? Für Tee ist es schon recht spät. Einen Sherry?«

»Vielen Dank. Nein. Ich muss leider weiter. Ich bin auf dem Weg zu Freunden – muss noch einige Meilen hinter mich bringen. Ich hätte längst fahren sollen …«

Ich hörte mich brabbeln. Sie saß ganz still, die Hand auf dem Album, als wartete sie geduldig auf das Ende meines Gestammels, bevor sie fortfuhr.

Eine Sekunde lang war es im Raum absolut still, und wir beide waren wie erstarrt, ohne etwas zu sagen oder uns zu rühren, als wäre etwas Eigentümliches mit der Zeit geschehen.

Ich wusste, dass ich nicht gehen konnte. Etwas hielt mich hier fest, teilweise, aber nicht vollkommen gegen meinen Willen, und mir war klar, dass ich, falls ich es versuchte, zurückgehalten werden würde, entweder von der Stimme der alten Frau oder von der kleinen Hand, die zumindest momentan nicht in der meinen ruhte. Doch wenn ich zu fliehen versuchte, würde sie da sein, fest zupacken und mich festhalten.

Ich zog mir einen Stuhl heran und setzte mich, mit etwas Abstand zu ihr, an den dunklen Eichentisch, dessen Tischplatte von Schmutz- und Staubschichten verschmiert war.

Sie blickte zu mir, und ich bemerkte erneut diese eigentümliche Schönheit, die trotz ihres Alters und des körperlichen Verfalls sichtbar war, trotz der gelb gewordenen Zähne, der ausgetrockneten Haut und dem dünnen Haar.

»So sah das Haus aus, als ich es fand. Und der Garten. Keine sehr guten Aufnahmen. Kleine Boxkameras.«

Sie schüttelte den Kopf und blätterte um.

»Die Wildnis«, sagte sie, den Blick auf das Foto gerichtet. »So nannten es meine Kinder, als wir hier ankamen. Ich kann mich genau daran erinnern – Margret rannte seitlich ums Haus herum und schaute sich alles an –, die großen Bäume, das Unkraut, das höher war als sie, die Rhododendren …« Sie hob die Hand über ihren Kopf. »Dort blieb sie stehen. Schauen Sie, da. Michael rannte hinter ihr her. Sie blieben beieinander stehen, und Margret brüllte: ›Das ist unsere Wildnis!‹«

Sie ließ die Hand auf dem Foto ruhen und schwieg einen Moment. Ich konnte die Aufnahmen sehen, vergilbt und eher klein. Doch es war alles vertraut, denn es sah genau wie heute aus. Die Wildnis hatte wieder alles überwuchert, das Haus war genauso verfallen, wie es vor all diesen Jahren gewesen war. All diese Jahre? Wie viele? Wie alt war sie?

»Sie!«, rief ich plötzlich. »Sie sind Denisa Parsons. Das war Ihr Garten.«

»Natürlich«, erwiderte sie herablassend. »Für wen haben Sie mich denn gehalten?«

Mir wurde schwindlig, der Tisch drohte vornüberzukippen, und ich streckte die Hand aus, um ihn festzuhalten.

Sie lächelte müde auf das Album hinab, blätterte nun Seite um Seite weiter und machte gelegentlich Bemerkungen. »Die Bauarbeiter … schauen Sie … graben den Boden um … Bäume werden gefällt … Licht … plötzlich so viel Licht.«

Das rasche Blättern verwirrte mich. Mir wurde schlecht. Der Gestank des Paraffins war widerlich, der ganze Raum übel riechend. Da war noch ein anderer Geruch, vermutlich vom angesammelten Schmutz und Verfall.

»Ich versuche es zu finden.« Blätter, blätter. »Margret hat mir nie verziehen. Michael auch nicht, doch Michael war stoischer, vermute ich. Und dann war er natürlich fort. Aber Margret. Das war Hass. Bitterer Hass. Verstehen Sie –«, sie ließ die Hand auf dem Tisch ruhen und starrte darauf, als entzifferte sie dort etwas. »Ich habe sie ins Internat geschickt. Als wir nach Arthurs Tod hierherkamen, wäre mir nie in den Sinn gekommen, sie aus dem Weg haben zu wollen. Er hatte mir Geld hinterlassen, genug, um woanders etwas zu kaufen, aber mir hatte es in den Vororten nie gefallen. Doch als wir hierherkamen, geschah etwas. Ich musste es tun, verstehen Sie, musste alles abreißen lassen und etwas prachtvolles Eigenes schaffen. Und die Kinder waren im Weg.«

Sie blätterte eine Seite um, dann noch eine.

»Hier ist es, schauen Sie. Hier ist alles. Die Vergangenheit. Schauen Sie … die Queen kam. Hier ist sie. In allen Zeitungen erschienen Artikel. Schauen Sie.«

Ich konnte nichts erkennen, so schnell blätterte sie die Seiten um, und als sie das Ende des Albums erreicht hatte, griff sie nach dem nächsten.

»Ich muss gehen«, sagte ich. »Ich werde erwartet.«

Sie beachtete mich nicht.

Ich erhob mich und schob den Stuhl zurück. Der Raum schien sich zusammenzuziehen, auf den kleinen Bereich um den Tisch zu schrumpfen, erhellt von öligem Lampenlicht.

Beinahe fiel ich vornüber. Mir war übel und schwindlig.

Und dann stieß sie ein merkwürdiges Lachen aus. »Hier«, sagte sie. »Da ist es. Schauen Sie.«

Sie drehte das Album zu mir herum. Auf der linken Seite waren vier Fotos und auf der rechten zwei, alle aus Zeitungen ausgeschnitten und ziemlich verblichen.

Offenbar zeigten sie verschiedene Teile des Gartens vom Weißen Haus, wie er einst gewesen war – auf einem war die Eibenhecke zu erkennen, eine

Reihe verbundener Rosenbögen auf einem anderen. Besuchergruppen schlenderten über einen Rasen. Das Foto, auf das sie deutete, war anscheinend auf einer breiten Terrasse aufgenommen worden, mit Bänken vor einer Steinbrüstung. Blumen quollen aus mehreren großen Pflanzkübeln. Stufen, die vermutlich zu einem weiter unten gelegenen Teil des Gartens führten, waren gerade noch zu erkennen.

Sie deutete nicht mehr auf das Album, hatte sich zurückgelehnt und blickte in die Ferne, wirkte abwesend und sich meiner Anwesenheit kaum mehr bewusst. Sie war so vollkommen reglos, dass ich kurz im Zweifel war, ob sie noch atmete.

Und dann, weil es das war, was ich nun tun musste, wovon ich meine Augen nicht abwenden konnte, blickte ich hinab auf die Seite mit den Fotos und beugte mich vor, um das auf der rechten, auf das sie gedeutet hatte, genauer zu betrachten. Dazu gab es eine Überschrift – ich kann mich nicht erinnern, wie sie lautete, nur dass es etwas Nichtssagendes war, vielleicht »Ein sonniger Nachmittag« oder »Besucher genießen den Garten«. Ich erkannte, dass der Ausschnitt aus einer Zeitschrift stammte, offenbar Teil eines längeren Artikels mit mehreren Spalten und einem weiteren kleinen Foto. Doch ich starrte weder auf den Text noch auf die Überschrift.

Das Schwarz-Weiß-Foto der Terrasse zeigte ein Paar neben einer Bank, auf der mehrere Kinder saßen. Drei Jungen. Ordentliche weiße Hemden mit offenem Kragen. Graue Hosen. Weiße Socken. Sandalen. Einer trug einen Pullunder mit Fair-Isle-Muster. Ich sah genauer hin, wobei mich ein Gefühl der Vertrautheit überkam, als würde ich den Pullunder kennen. Und dann wurde mir klar, dass mir nicht nur der Pullunder bekannt vorkam. Ich kannte den Jungen. Ich kannte ihn, weil ich dieser Junge war, mit vielleicht fünf Jahren. Der Pullunder kam mir bekannt vor, weil es meiner gewesen war. Ich konnte die Farben vor mir sehen: Beige, Hellblau, Braun.

Ich war der Junge in dem Pullunder, und neben mir war mein Bruder Hugo.

Aber ich hatte keine Ahnung, wer der andere Jungen war, der neben uns saß und jünger war als wir beide. Ich konnte mich nicht an ihn erinnern.

»Kommen Sie mit hinaus«, sagte sie jetzt. »Ich zeige es Ihnen.«

Ja. Ich musste nach draußen, um irgendwo an der frischen Luft zu sein, weg von diesem Haus, diesem Raum mit seinem Geruch und dem gelblichen Licht. Ich folgte ihr mit dem Gedanken, dass ich den Autoschlüssel in der Tasche hatte, einsteigen und im Nu davonfahren konnte. Doch sie verließ den Raum nicht durch die offene Tür zum dunklen Korridor, sondern hatte sich den Verandatüren zugewandt und den Schlüssel umgedreht. Diese Glastüren waren doch sicherlich seit Jahren nicht geöffnet worden. Die Ranken mussten sich dick wie Taue um den Rahmen und die Scharniere gewunden haben.

Die Fenstertüren öffneten sich ohne Weiteres, wie Türen es in einem Traum tun würden, und sie schob den schweren Pflanzenvorhang beiseite wie Spinnweben. Ich trat hinter ihr auf die breite Veranda. Die Dämmerung hatte eingesetzt, doch die schweren Wolken hatten sich inzwischen verzogen.

Ich erinnere mich, dass sie den Kopf drehte und mich anschaute, als ich hinter ihr stand. Ich erinnere mich an ihren Gesichtsausdruck, an ihre Augen, an die Art, wie sich die Kleiderschichten unter dem alten Regenmantel bauschten, als wir das Haus verließen.

Ich erinnere mich an diese Dinge, und ich habe mich an diese Erinnerung geklammert, weil es die Wirklichkeit ist – war; ich habe diese Dinge gesehen, ich war dort. Ich spürte die Abendluft auf meinem Gesicht. Das war kein Traum.

Doch alles, was danach geschah, war von einer ganz anderen Art. Es war wirklich, es geschah, ich war dort. Und doch war dem nicht so. Ich war es nicht.

Ich verzweifle. Ich bin verwirrt. Ich weiß nicht, wie ich beschreiben soll, was ich empfand, wobei das schlichte Wort »unwohl« noch am zutreffendsten wäre. Meine Beine waren wackelig, mein Herz raste, und auf sekundenlange Benommenheit folgte ein plötzlicher kleiner Ruck, wie ein Stromstoß, als sei ich wieder zu mir gekommen.

Als wir aus dem Schatten des Hauses traten und die Steinstufen hinabgingen, war es, als zöge sich der Abend zurück – die Sonne war schließlich doch nicht untergegangen, und es war nicht mehr so kalt. Vermutlich war es mir wegen der schweren Wolken dunkler und später vorgekommen, und nachdem sie sich verzogen hatten, wurde uns ein sanfteres und perlmuttfarbenes Tagesende beschert.

Denisa Parsons ging ein paar Schritte vor mir, und ich erkannte, dass wir an einem anderen Teil des Gartens herausgekommen sein mussten, einem, den ich zuvor noch nicht gesehen und nicht einmal erahnt hatte, ein Teil, der nach wie vor sorgfältig gepflegt wurde – immer noch ein Garten, kein Urwald. Das Gras war gemäht, die Wege waren mit Kies bestreut und von Unkraut befreit, und auf einem breiten Beet an einer hohen Steinmauer blühten späte Rosen zwischen grünem Blattwerk. Ich schaute mich um, versuchte mich zu orientieren. Meine Beine waren so wackelig wie zuvor. Auf einer großen Zeder zu meiner Rechten sprang ein Eichhörnchen von Ast zu Ast, ließ mich zusammenfahren, doch die alte Frau bemerkte es nicht, ging einfach weiter, und ihr Gang war gleichmäßig und zielstrebig, nicht schwankend oder vorsichtig, wie ich es erwartet hätte.

»Ich hatte keine Ahnung, dass Sie einen Teil des Gartens immer noch pflegen«, sagte ich. »Ich dachte, alles sei wieder der Natur überlassen worden. Sie müssen eine Menge Hilfe haben.«

Sie antwortete nicht, ging einfach weiter, ein paar Schritte vor mir, drehte weder den Kopf noch ließ sie irgendwie erkennen, mich gehört zu haben. Wir gingen einen Kiesweg entlang, der in tiefem Schatten lag, auf eine Eibenhecke zu, die mir vertraut vorkam – doch alle hohen dunkelgrünen Hecken sehen für mich gleich aus, und nichts unterschied sie voneinander. Das Gras war kurz gemäht, aber hier gab es keine Blumenbeete mehr, und während wir dem ziemlich monotonen Weg folgten, dachte ich, dass die Instandhaltung wohl jemandem von außerhalb unterlag, der einmal pro Woche kam, um zu mähen und die Hecken zu beschneiden. Zweimal im Jahr würde er den Kies besprühen, um das Unkraut zu vernichten. Was gab es sonst noch zu tun?

Schatten erstreckten sich über das Gras wie Finger, die nach dem letzten Sonnenlicht tasteten. Und dann bog sie ab.

Wir hatten den Bogengang in der Eibenhecke erreicht und standen oben an den Steinstufen, blickten nach unten, wo ich den abgesenkten Garten gesehen hatte, zugewuchert und wild, die Steinplatten zerbrochen und mit Unkraut durchsetzt. Unter mir war der seltsame Kreis gewesen, wie eine Schattierung im

Gras, die da gewesen war und dann nicht mehr, eine optische Täuschung, vielleicht hervorgerufen durch eine Wolke, die sich vor die Sonne geschoben hatte.

Doch was ich vor mir sah, war keine Wildnis. Gewiss war es derselbe abgesenkte Garten, der mich an einen ähnlichen in Italien erinnerte, den ich einmal besucht haben musste, aber er war sorgfältig angelegt, mit niedrigen Hecken um Quadrate und Rechtecke, die Beete mit Kräutern enthielten, wie ich jetzt erkannte, sehr regelmäßig angeordnet. Da waren geharkte Kieswege und an der hinteren Seite eine Reihe weiterer Steinstufen, die zu einer Art kleinem Tempel hinaufführten.

Und dann blickte ich nach unten. Zu meinen Füßen war kein schattenhafter Umriss wie ein großer Feenring, sondern ein Wasserbecken, ein stilles, dunkles Becken, flach ins Gras eingelassen und mit einem Steinrand, und da es sich hier um einen Barockgarten mit sorgfältiger Symmetrie handelte, befand sich auf der gegenüberliegenden Seite das genaue Gegenstück. Dazwischen war ein Steinkreis mit einer kunstvoll gemalten Sonnenuhr in emailliertem Gold und Blau eingefügt worden.

Doch es war das Becken, auf das ich jetzt starrte, das Becken mit den wenigen fleischigen, reglosen Seerosenblättern und den stummen Fischen, die sich behäbig unter der Oberfläche bewegten.

Ich wandte mich an Denisa Parsons, wollte um

eine Erklärung bitten, aber währenddessen geschahen sehr rasch zwei Dinge.

Die kleine Hand war in die meine gekrochen und zog mich mit enormer, beängstigender Kraft vorwärts, und während sie das tat, ertönte mein Name. Gesprochen von einer echten Stimme, und ich schien zu wissen, wessen Stimme es war, nur klang sie verändert, auf irgendeine Weise verzerrt.

Sie flüsterte immer wieder meinen Namen, und das Flüstern wurde lauter, klarer und dringlicher. Bei allen bisherigen Vorfällen, wessen Hand auch immer es gewesen sein mochte, war diese Person stets vollkommen stumm geblieben. Nie hatte ich auch nur das entfernteste Flüstern gehört. Doch jetzt hörte ich jemanden ganz deutlich.

»Adam!«, sagte die Stimme. »Adam. Adam. Adam.« Dann Schweigen und wieder mein Name, ein wenig lauter und dringlicher. »Adam. Adam.« Gleichzeitig zog die kleine Hand mich so fest, dass ich das Gleichgewicht verlor, halb die Stufen hinunterfiel, hinter ihr oder mit ihr weiterstolperte zum Wasserbecken.

Ich schloss die Augen, voller Angst vor dem, was dort war, wovon ich wusste, dass ich es sehen sollte, wie ich es im Wasserbecken des Klosters gesehen hatte.

»Hier. Hier. Hier.«

Ich riss meinen rechten Arm hoch, um den Griff

der kleinen Hand abzuschütteln, und schaute dabei zum Bogengang, mit einer Art verzweifelter Bitte an die alte Frau, mir zu helfen.

Sie war nicht mehr da. Der Bogengang in der Hecke war leer, nur Dunkelheit, wie hinter einem klaren Fenster.

Ich weiß nicht, ob ich aufgeschrien habe, kann mich nicht erinnern, ob die Hand immer noch die meine umklammerte. Ich weiß nur noch, dass die Stimme nach wie vor in meinem Ohr war, aber weniger bestimmt, schwächer und leicht verzerrt, als die Welt ins Taumeln geriet, und ich spürte, dass ich fiel, nicht auf den harten Boden, sondern in einen bodenlosen, wirbelnden Strudel, der sich zu meinen Füßen aufgetan hatte.

17

Ich muss wohl für ein paar Minuten bewusstlos gewesen sein, bevor ich wieder auftauchte, als wäre ich tief unter Wasser gewesen und stiege langsam wieder zu Luft und Licht empor. Doch die Luft war stickig und feucht, und da war nur wenig Licht. Wie lange war ich im Haus gewesen? Ich hatte es bei Tageslicht betreten, jetzt war es fast dunkel.

Ich lag auf dem Boden, streckte die Hand aus und spürte kalten Stein und etwas Raues. Kies. Allmählich wurde ich wieder klarer im Kopf und konnte mich aufsetzen. Erst nach einigen Minuten erinnerte ich mich daran, wo ich war. Der Garten war dunkel, doch als sich meine Augen daran gewöhnt hatten, konnte ich ein wenig erkennen.

Anscheinend war ich unverletzt, wenn auch benommen. War ich ohnmächtig geworden? War ich gefallen und hatte mir den Kopf angeschlagen? Nein, weil ich dann sicherlich Schmerzen verspürte hätte.

Ich war allein. Im Garten war es still. Die Büsche und Bäume um mich raschelten und bewegten sich nicht. Kein Vogelgesang war zu hören.

Ich wartete, bis sich Fragmente der Erinnerung

auftaten und in meinem Kopf allmählich deutlichere Formen annahmen. Die alte Frau in den vielen Kleiderschichten. Der Raum, in dem sie unter erbärmlichen Umständen hauste, tief in dem fast verfallenen Haus. Die Gerüche. Der schwankende Ton ihrer Stimme. Der Garten.

Der Teil des Gartens, in den sie mich geführt hatte und der weder zugewuchert noch verwahrlost war, sondern beschnitten und ordentlich, mit Rasen und Bäumen, Büschen und Blumenbeeten, Bogengängen in der hohen Hecke, die zu sauberen Stufen führten, hinab …

Vorsichtig kam ich auf die Füße.

Ich sah die dunkel schimmernde Oberfläche des Wasserbeckens, den flachen Steinrand, der es umgab.

Goldene Fische glitten unter der Oberfläche hin und her.

Eine Bank.

Hatte es da eine Bank gegeben?

Bank. Bank.

Wieder gaben meine Beine nach, und mir wurde übel. Galle stieg mir in den Mund, und ich würgte sie auf den kalten Boden aus.

Und dann hörte ich etwas, ein gewöhnliches und beruhigend vertrautes Geräusch. Das Geräusch eines Autos. Mit dem Handrücken wischte ich mir über den Mund.

Ich kam nicht wieder hoch, und eine Weile blieb alles dunkel und still, doch dann sah ich irgendwo ein Licht aufblitzen, verschwinden, wieder aufblitzen, und einen Augenblick später hörte ich etwas anderes, das Geräusch von jemandem, der sich durchs Unterholz schlägt. Und ruft.

»Mr Snow? Mr Snow?«

Ich versuchte zu antworten, aber aus meiner Kehle kam nur ein eigentümlicher erstickter Laut.

Das Licht huschte über das Gras hinter mir.

»Mr Snow?«

Die Stimme erkannte ich nicht.

»Sind Sie da? Mr Snow?«

Und dann stolperte jemand beinahe über mich. Der Strahl einer großen Taschenlampe leuchtete mir ins Gesicht, und ein Mann beugte sich zu mir herab, erstaunt murmelnd und voller Sorge.

Mit überwältigender Erleichterung schloss ich die Augen.

18

In dieser Nacht lag ich lange wach. Nach der Ankunft bei den Merrimans hatte man mir ein ordentliches Glas Whisky verabreicht und mir dann geraten, ein heißes Bad zu nehmen. Lady Merriman hätte mich danach am liebsten ins Bett verfrachtet und mir Essen auf einem Tablett serviert, aber ich wollte zur Normalität zurückkehren, mit ihnen essen, reden und von all meinen Neuigkeiten über die First Folio berichten, um ja nicht allein zu sein und über das nachdenken zu müssen, was geschehen – oder nicht geschehen – war. Der gute Malt Whisky und das heiße Wasser stellten mich rasch wieder her, und ich spürte keine Nachwirkungen – wovon? Vom Stolpern und Fallen, Den-Kopf-Anschlagen? Vom Ohnmächtigwerden? Ich hatte keine Ahnung und zog es vor, nicht zu spekulieren. Offenbar hatte ich mir keine ernsten Verletzungen zugezogen, bis auf eine schmerzhafte Prellung am Ellbogen, auf den ich gefallen sein musste.

Lady Merriman sagte wenig, aber ich wusste, dass ihren scharfen blauen Augen nichts entging und sie, trotz ihrer üblichen stillen Zurückhaltung, diejenige gewesen war, die Alarm geschlagen und erraten hatte, wo ich zu finden wäre, als ich nicht bei ihnen eintraf.

Sie erzählte mir, dass sie zuerst die Polizei angerufen hatte, der aber kein Bericht über einen Autounfall vorlag.

»Dann setzte mein sechster Sinn ein, wissen Sie?«, fuhr sie fort. »Und der hat mich noch nie im Stich gelassen. Ich wusste, wo Sie waren. Ich hoffe, Sie halten das nicht für irgendwie absonderlich. Ich bin keine Hexe. Doch die Menschen hören so etwas oft nicht gerne. Ich habe gelernt, darüber zu schweigen.«

»Ich bin äußerst dankbar für Ihren sechsten Sinn«, erwiderte ich. »Und ich finde ihn auch keineswegs absonderlich. Viele Menschen haben eine leicht telepathische Begabung … Ich bin geneigt, das für ziemlich normal zu halten. Meine Mutter wusste oft, wann ein Brief von jemandem eintreffen würde, selbst wenn sie ihn nicht erwartete und von demjenigen tatsächlich seit Jahren nichts gehört hatte.«

»Mein Mann ist skeptisch, doch wissen Sie, nach all den Jahren hat selbst er gelernt, meinem Instinkt zu vertrauen. Es passiert nicht oft, aber wenn doch …«

»Nun, Gott sei Dank ist es heute passiert. Ich hätte die ganze Nacht dort liegen können. Vermutlich bin ich auf diesem holprigen, kaputten Pfad gestolpert und habe mir den Kopf angeschlagen.«

Sie schwieg.

Der Abend wurde recht angenehm. Mein Gastgeber war sichtlich entzückt, als ich ihm die Nachricht überbrachte, dass er höchstwahrscheinlich innerhalb der nächsten paar Wochen Besitzer einer First Folio werden würde. Wie sie zu ihm transportiert werden sollte, war ein kleineres Problem, wenngleich ich ihn warnend darauf hinwies, dass es noch vor Weihnachten geschehen müsse, da er das Exemplar sonst erst im Frühjahr bekäme – das Kloster sei für gewöhnlich von Anfang Januar bis Ende März eingeschneit. Er schlug als beste und sicherste Möglichkeit vor, dass ich selbst hinfahren und sie abholen sollte – ich würde den Ort kennen, man würde mir vertrauen, und natürlich würden sowohl ich als auch das Buch hoch versichert werden. Doch alles in mir schreckte vor der Aussicht zurück, nach Saint Mathieu zurückzukehren, nicht wegen der Verantwortung für den Transport des Buches, sondern weil ich befürchtete, dass an jenem Ort alles Mögliche geschehen könnte, wie es bereits der Fall gewesen war, und ich nicht darauf vertrauen konnte, diese Reise ohne die Wiederholung eines Vorfalls zu unternehmen, der mich erneut in Angst und Schrecken versetzen würde. Ich erkannte, dass mir, bis auf das leichte Missgeschick heute, nie etwas Ernsthaftes zugestoßen war. Was ich erlebt hatte, waren extreme Angstzustände, und die waren entsetzlich genug, dass ich sie um jeden Preis vermeiden wollte.

Doch darüber konnte ich nicht sprechen. Ich sagte nur, ich hielte ein professionelles Unternehmen, das erprobt darin sei, Gegenstände von großem Wert zu transportieren, für besser geeignet, die Folio nach England zu bringen. Dafür empfahl ich eine äußerst vertrauenswürdige, wenn auch kostspielige Transportfirma, und Sir Edgar übertrug es mir, das Kloster davon zu unterrichten, sobald der Handel endgültig abgeschlossen und das Geld bezahlt war.

Der Tag endete schwül und gewittrig. Die Türen zum Garten standen offen, und wir sahen in der Ferne über dem Meer hin und wieder Blitze zucken. Sir Edgar hatte zur Feier seiner neuesten Erwerbung eine Flasche guten alten Brandys geöffnet, und wir unterhielten uns bis spät. Lady Alice sah gelegentlich zu mir, und ich spürte ihre Besorgnis, doch sie äußerte sich nicht mehr, bis wir kurz nach Mitternacht hinaufgingen.

»Beim Aufräumen habe ich noch mehr über das Weiße Haus und den Garten gefunden, falls Sie immer noch interessiert sind, Mr Snow. Ich habe die Artikel für Sie in das kleine Arbeitszimmer gelegt – Sie können sie sich morgen anschauen, wenn Sie möchten. Aber vielleicht haben Sie nach Ihrem heutigen Besuch dort auch von alldem genug. Ich habe mit einer Freundin gesprochen, die nicht weit entfernt wohnt, und sie sagte, das Haus sei ziemlich heruntergekommen und stehe schon seit Jahren leer. Alle wundern sich, warum niemand es gekauft oder renoviert hat. Eine Schande, dass es so verfällt. Ich wünsche Ihnen jedenfalls eine geruhsame Nacht, und Sie wissen ja, wo das kleine Arbeitszimmer ist, falls Sie sich ansehen wollen, was ich gefunden habe.«

Ich wünschte ihr ebenfalls eine gute Nacht und schloss die Tür, trat ans Fenster, schaute hinaus in die Dunkelheit und lauschte dem Donner, der jetzt landeinwärts auf das Haus zurollte, bis mir die Bedeutung dessen aufging, was Lady Alice gesagt hatte.

Danach war es hoffnungslos, einschlafen zu wollen. Ich las eine Weile, nahm aber keines der gedruckten Wörter auf. Ich öffnete das Fenster. Es regnete leicht, und die Luft war schwer, doch sie trug die Kühle des Herbstes in sich.

Ich zog meinen Morgenrock an und war auf dem Weg zur Tür, als die Nachttischlampe ausging. Daneben lag eine kleine Taschenlampe für genau solche Situationen, und in ihrem Lichtschein tappte ich leise über den breiten Treppenabsatz und den Flur entlang, der zu dem Arbeitszimmer führte. Der Strahl meiner Taschenlampe wanderte über Holzpaneele und die Bilder an den Wänden, größtenteils schwere Ölgemälde von alten Burgen und Männern bei der Jagd. Sir Edgar besaß unten im Haus eine sehr schöne Sammlung von Aquarellen aus dem achtzehnten Jahrhundert, doch hier oben war nichts von besonderer Schönheit oder Interesse. Ein- oder zweimal glitt der Lichtstrahl über die Augen eines Mannes oder eines Hundes, einmal über die großen Zähne eines prächtigen, sich aufbäumenden Hengstes, und Augen und Zähne schimmerten im Licht. Der Donner krachte fast direkt über dem Haus, und Blitze zuckten vom Himmel.

Ich fand einige Zeitschriften und Zeitungen, ausgebreitet auf einem runden Tisch, aufgeschlagen bei den Artikeln über das Weiße Haus und den Garten, doch sie enthielten keines der Fotos, die ich früher am Tag flüchtig gesehen hatte, wenngleich ich gründlich nach dem Foto von mir als kleinem Jungen suchte, auf einer Bank neben Hugo und dem anderen Kind, vermutlich einem Freund. Natürlich gab es keinen Grund, warum es in diesen Veröffentlichungen sein sollte – das waren alles professionell aufgenommene Fotos, welche die Pracht des Gartens in seiner Glanzzeit zeigten, den royalen Besuch. Zwei Dinge veranlassten mich, die Taschenlampe näher heranzuhalten und mich für einen genaueren Blick vorzubeugen. Das eine war ein Foto von Denisa Parsons. Ich hatte sie schon in der Zeitschrift gesehen, die Lady Alice mir als Erstes gezeigt hatte, doch auf dieser Aufnahme hier war sie ein Jahrzehnt älter, wie ich schätzte. Eine elegante Frau, das Haar zurückgebunden, in einem geblümten Sommerkleid und mit Ohrringen. Sie hatte den Kopf in den Nacken geworfen und strahlte, während sie dem Prinzgemahl stolz etwas zeigte. Ich sah mir ihre Gesichtszüge genauer an. Zwischen dieser gut aussehenden Frau mit dem recht üppigen, von Seide bedeckten Busen und der zerlumpten, dünnhaarigen Gestalt in dem alten Regenmantel, die mich an diesem Nachmittag begrüßt hatte, war wenig Ähnlichkeit zu erkennen. Aber Gesichter verändern sich mit der Zeit, charakteristische Gesichtszüge gehen verloren, Fleisch schrumpft, Haut wird runzlig und bleich, Haar wird dünn, Zähne fallen aus. Ich konnte es nicht mit Sicherheit sagen.

Das Zweite war ein langer Artikel aus der *Times* über Denisa Parsons, die berühmte Gartengestalterin, international gefeiert für das, was sie beim Weißen Haus geschaffen hatte. Pionierin. Gartenkünstlerin. Wichtige Designerin. Gartenvisionärin. Das Kritikerlob war überschwänglich.

Weder über ihr früheres Leben noch über ihre Familie war viel zu erfahren, nur die Erwähnung einer ganz gewöhnlichen Herkunft, verheiratet mit Arthur Parsons, einem Beamten aus dem Finanzministerium, und Mutter zweier Kinder, Margret und Michael.

Die Zeitung war an die dreißig Jahre alt.

Ich ging zurück in mein Zimmer, wo die Nachttischlampe wieder angegangen war. Das Gewitter hielt immer noch an, und ich sah gelegentlich Blitze über den Himmel zucken, während ich schlaflos im Bett lag.

Glaube ich an Geister? Die Frage ist verbreitet genug, und wenn ich danach gefragt werde, gehe ich für gewöhnlich auf Nummer sicher und antworte: »Vielleicht.« Wenn ich gefragt werde, ob mir schon einmal ein Geist erschienen sei, habe ich das natürlich bisher stets verneint. Ich hatte keinen gesehen, aber die kleine Hand musste wohl einem Geist gehören, denn ich hatte ihn oft genug gespürt, hatte ihn definitiv und unbestreitbar mehrfach gespürt. Ich hatte mich sogar an ihn gewöhnt. Ein- oder zweimal bemerkte ich, dass ich damit rechnete, zu fühlen, wie er meine Hand hielt. Aber auf irgendeine seltsame Weise war die kleine Hand anders, wie geisterhaft sie auch sein mochte. Anders? Anders als die Frau im Weißen Haus. War sie ein Geist? Oder war sie, wie ich zuerst angenommen hatte, eine Besucherin oder sogar eine Hausbesetzerin in dem leeren Gemäuer, eine alte Obdachlose, die vorgab, Denisa Parsons zu sein? Jemand, der vielleicht mal dort gearbeitet hatte? Je länger ich darüber nachdachte, desto einleuchtender schien mir diese Erklärung. Es war traurig, sich vorzustellen, dass jemand zurückgekommen und eingebrochen war, um in all dem Dreck und Schutt zu wohnen, wie eine Ratte, eingehüllt in alte Kleider, und die Zeit damit verbrachte, alte

Sammelbücher und Alben von der Glanzzeit des Gartens durchzublättern. Aber Menschen verbringen so ihren Lebensabend, und das wohl viel öfter, als wir glauben.

Erst als ich ruhiger war und fast schon in den Schlaf glitt, fiel mir der Teil des Gartens wieder ein, in den sie mich geführt hatte, der gepflegt und instand gehalten war. Das Gras gemäht, die Hecken geschnitten, wie in Vorbereitung auf eine Besuchergruppe. Das hatte mich verwirrt. Ich war über so viele verschiedene Rasenflächen gegangen, durch diverse in die meterlangen dunklen Hecken geschnittene Bogengänge, Stufen hinab zu anderen Einfassungen, dass ich keine Ahnung hatte, wo der verlassene Garten endete und der instand gehaltene begann. Wie viele Wasserbecken hatte es gegeben, und wo war die Bank geblieben, auf der ich offenbar mit meinem Bruder und unserem Freund gesessen hatte?

Von den Erinnerungen glitt ich hinüber in einen Traum, wobei sich die Wirklichkeit mit dem Unwirklichen überlappte und ich weiter durch die verschiedenen Teile des Gartens wanderte, die richtige Lücke in der Hecke zu finden versuchte, um hinauszukommen, doch stets auf demselben Weg zurückgeschickt wurde, wie es in einem Irrgarten passiert.

Ich war jedoch allein. Da war keine alte Frau, und wenngleich ich mich zu irgendeinem Zeitpunkt in einen Jungen verwandelt hatte, waren da keine anderen Jungen bei mir. Nur spürte ich irgendwann beim Durchqueren eines weiteren Bogengangs die kleine, mich lenkende Hand, die sich allerdings anders anfühlte, passend zu meinem Traumzustand, eine substanzlose Hand ohne Gewicht oder Dichte, die ich nicht umfassen konnte wie die feste und sehr reale Hand, die sich im Wachzustand in die meine schob.

19

Am nächsten Morgen brach ich wenig ausgeruht nach London auf – ich hatte nur ein paar Stunden unruhigen Schlafs hinter mir und war angespannt, doch zumindest hatte ich Sir Edgar zu einem glücklicheren Menschen gemacht, und er hatte mir einen neuen Auftrag erteilt. Er interessierte sich seit Neuestem für Psalter aus dem späten Mittelalter und wollte wissen, ob ich für ihn ein gut erhaltenes, illuminiertes Exemplar erwerben könnte. Das war ziemlich viel verlangt. Solche Dinge kommen äußerst selten auf den Markt, doch meine Fühler auszustrecken, mit Experten aus den Auktionshäusern in London und Amerika zu sprechen, E-Mails an Kollegen zu senden, sogar den Bibliothekar von Saint Mathieu des Étoiles zu kontaktieren, würde sehr erfreulich sein und mich von den Vorkommnissen beim Weißen Haus ablenken. Für einen anderen Kunden musste ich außerdem noch Tagebuchaufzeichnungen über das Lachsfischen im neunzehnten Jahrhundert verkaufen.

Ich nahm einen Umweg von zwanzig Meilen auf mich, fuhr nicht auf direktem Weg zurück, um ja nicht in die Nähe der Abzweigung zu jenem Ort zu kommen, obschon ich wusste, dass es mir nicht gelingen würde, ihn zu vergessen. Doch ich ermahnte mich, dass Spekulationen fruchtlos seien.

Als ich mich London näherte, nahm der Verkehr zu, und ich stand eine Viertelstunde lang im Stau. An der Stelle meines erzwungenen Halts war überhaupt nichts Ungewöhnliches – ein uninteressantes Stück einer Vorortstraße. Ich dachte nicht an das Haus, den Garten oder die Hand, sondern stellte im Kopf eine Liste der Leute zusammen, die ich wegen der Wünsche meiner verschiedenen Kunden kontaktieren wollte, erinnerte mich an jemanden in Rom und einen anderen in Schottland, die möglicherweise an den Angelbüchern interessiert sein könnten.

Müßig betrachtete ich den stehenden Verkehr auf der Gegenfahrbahn, dann einen Laster im Rückspiegel. Die Verspätung spielte keine Rolle. Ich hatte keine dringenden Termine, langweilte mich einfach nur.

Ich kann nicht behaupten, dass irgendetwas passierte. Was geschah oder nicht geschah, während ich in meinem Auto wartete, ist sehr schwierig zu erklären. Jeder würde sagen, dass meine Phantasie angeregt und durch die Ereignisse der letzten Wochen sensibilisiert war, womit er recht hätte. Und das ist genau der Punkt. Meine Phantasie spielte mir keinen Streich, ich hörte, sah, spürte, roch, fühlte nichts.

Überhaupt nichts. Da war nichts. Das stärkste Gefühl war das eines absoluten Nichts, als wäre ich auf irgendeine Weise verlassen worden. Nichts würde mir wieder nahekommen, ich würde nicht beunruhigt oder kontaktiert werden. Nichts. Ich würde nie wieder das Gefühl der kleinen Hand in der meinen spüren oder mir überlegen, ob ich beobachtet wurde, ob etwas versuchen würde, mich irgendwo hinzulocken. Nichts. Da war nichts. Es hatte mich verlassen, wie ein Fieber plötzlich und unerklärlich weicht, wie der Nebel, der sich in Sekunden auflöst.

Nichts.

Ich war vollkommen allein im Auto, als der Verkehr sich allmählich wieder in Bewegung setzte, und ich würde allein sein, wenn ich meine Wohnung erreichte. Falls ich zum Weißen Haus oder zum Kloster zurückkehrte, würde ich allein sein, und nie wieder würde ein Kind bei einem Gewitter über die Straße flitzen, mir direkt vors Auto.

Nichts.

Ich empfand eine ungeheure Erleichterung.

Als ich eine halbe Stunde später meine Wohnung betrat, wusste ich, dass es keine Phantasie gewesen war, nicht einmal Wunschdenken. Ich war frei und allein. Was immer es gewesen war, hatte mich verlassen und würde nicht zurückkehren. Wie erklärt man solche starken Überzeugungen? Woher waren sie gekommen, und wie war das geschehen?

Würde mir die kleine Hand fehlen? Flüchtig erwog ich selbst das, weil sie, bevor sie mich an gefährliche Orte gezerrt hatte, seltsam tröstlich gewesen war, als wäre ich vom Unsichtbaren für einen besonderen Ausdruck der Zärtlichkeit auserwählt worden.

Die einzige Sache, die ich nicht vergessen konnte, war das Foto von Hugo, seinem Freund und mir im Garten des Weißen Hauses, das die alte Frau mir gezeigt hatte. Ich hatte keinerlei Erinnerung an jenen Tag oder den Ort, was jedoch nicht verwunderlich war. Ich konnte höchstens fünf Jahre alt gewesen sein – wobei die Erinnerung an den Fair-Isle-Pullunder sehr deutlich war. Ich würde Hugo anrufen, wenn er aus den Staaten zurückkam, und ihn dazu befragen, obwohl ich wirklich keinen besonderen Grund für mein weiteres Interesse hatte, außer dass Zufälle manchmal eine angenehme Symmetrie ergeben.

Ein paar Tage später rief mich ein Händler aus New York an, der einige Dinge im Angebot hatte, die ich schon lange suchte, und da ich, während ich dort war, die Möglichkeit haben würde, nach verschiedenen anderen Büchern für Kunden zu fragen, machte ich mich auf eine Reise, die mich auch nach San Francisco und North Carolina führte. Ich war drei Wochen lang unterwegs, kam zurück und flog direkt weiter nach München, Berlin, Rom und wieder nach

New York. Als ich nach erfolgreicher Abwicklung diverser Aufträge schließlich wieder nach Hause kam, war es Ende September. In der folgenden Woche in London war ich derart mit Arbeiten beschäftigt, dass ich alles vergaß, was mit mir geschehen war, und mir die Sache mit dem Foto gar nicht mehr in den Sinn kam.

Und als ich dann vom Essen mit einem potenziellen russischen Kunden heimkam, fand ich eine Nachricht von Hugo auf meinem Anrufbeantworter vor.

»Hi, Bro … ist ewig her … Willst du nicht am nächsten Wochenende zu uns kommen? Benedicte gibt ein Konzert in der Kirche – wird dir gefallen. Wird sowieso Zeit, dass wir uns mal wieder auf Stand bringen. Ruf uns an.«

Das tat ich, und wir vereinbarten, dass ich am kommenden Freitagabend nach Suffolk fahren würde. Hugo stand an Schultagen immer in aller Frühe auf, daher hielt ich das Telefonat kurz, doch als wir uns gerade verabschieden wollten, fragte ich: »Übrigens … du wirst dich wahrscheinlich genauso wenig daran erinnern wie ich – aber sind wir als Kinder mal mit den Eltern zur Besichtigung eines Gartens nach Sussex gefahren? Es hieß das Weiße Haus.«

Ich weiß nicht, welche Antwort ich von Hugo erwartet hatte – vermutlich, dass er genauso wenig Ahnung hatte wie ich.

Stattdessen schwieg er. Es blieb so lange still, dass ich nachfragte, ob er noch da sei. Als er antwortete, klang seine Stimme seltsam.

»Ja«, sagte er, »bin da.«

»Du erinnerst dich auch nicht, oder?«

Wieder Schweigen. Dann: »Warum fragst du?«

»Ach, ich bin nur zufällig auf ein Foto von uns dort gestoßen – wie wir draußen auf einer Bank sitzen. Du, ich und ein Freund.«

»Nein. Da war kein Freund.«

»Also erinnerst du dich?«

»Da war kein Freund. Wir sehen uns Freitag.«

»Ja, aber warte mal, du …«

Doch Hugo hatte aufgelegt.

20

Ich traf rechtzeitig ein, um mich rasch umzuziehen und mit zur Kirche zu gehen, in der Benedicte bei einem Konzert Oboe spielte, sowohl als Orchestermitglied bei einem Stück von Bach als auch als Solistin in Brittens *Metamorphosen*. Ein schönes und recht bewegendes Konzert, und weder Hugo noch mir war nach Reden zumute, während wir nach Hause zurückgingen. Die Nacht war kühl, Sterne funkelten, und der Geruch von Laubfeuern hing in der Luft. Der Herbst stand bevor.

Doch nicht nur unsere besinnliche Stimmung nach dem Konzert hielt uns von einer Unterhaltung ab. Ich spürte die Anspannung, die wie eine unausgesprochene Warnung von Hugo ausging, etwas, das ich seit seiner Krankheit nicht mehr erlebt hatte. Man konnte es beinahe greifen, und die Botschaft war klar: Sprich mich nicht an, stell mir keine Fragen. Halt dich zurück. Ich war verwirrt, hütete mich jedoch davor, die Stacheldrahtabwehr niederzureißen, die er gegen mich aufgebaut hatte, und so erreichten wir das Haus schweigend.

Das Orchester und die Solisten wurden andernorts verköstigt, daher aßen wir zu zweit, ein unbehagliches Essen, währenddessen ich Hugo halbherzig von der First Folio sowie ein wenig über meine Auslandsreisen erzählte und er mir in knappen Worten von Katerinas Studienplänen und seinen Überlegungen berichtete, sich für Direktorenstellen zu bewerben. Wenn er auf der schulischen Karriereleiter aufsteigen wolle, sei jetzt der richtige Zeitpunkt. Ich konnte mich nicht erinnern, je eine so angespannte Stunde mit meinem Bruder verbracht zu haben, und als wir den Tisch abräumten, sagte ich, dass ich gerne früh zu Bett gehen würde.

Doch als ich mich abwandte, sagte Hugo: »Da ist etwas, das du erfahren musst. Trink einen Whisky mit mir.«

Wir gingen in sein Arbeitszimmer. Tagsüber wird dieser gemütliche Raum mit Blick auf den Garten und den Weg am Fluss von Licht aus dem ostenglischen Himmel überflutet. Jetzt waren die Vorhänge fest zugezogen. Hugo zündete das Gasfeuer an und schenkte uns Drinks ein. Setzte sich. Blickte starr in sein Glas, schwenkte die topasfarbene Flüssigkeit und schwieg.

Ich wusste, dass ich warten sollte, statt ihn anzutreiben, doch nach mehreren Minuten des Schweigens sagte ich: »Erinnerst du dich an all das Zeug, von dem ich dir erzählt habe … Panikattacken und so weiter?«

Hugo sah mich an und nickte. Sein Ausdruck war wachsam.

»Du hattest recht – sie haben einfach aufgehört. Sind verschwunden. Alles hat aufgehört. Was immer es war.«

»Gut.«

Dann forderte ich: »Also erzähl's mir.«

Wieder schwenkte er den Whisky und leerte ihn schließlich in einem Zug.

»Der andere Junge«, sagte er. »Ich war da, du warst da. Auf der Bank. Und du sagst, da war noch ein anderer Junge? Ein Freund, hast du ihn genannt. Wie alt war er?«

Ich versuchte mir das Foto in Erinnerung zu rufen. Ich sah mein kindliches Selbst in dem Fair-Isle-Pullunder. Hugo – ich kann mich an Hugo in dem Alter nicht deutlich erinnern, das kann man nie, aber es war Hugo.

»Soweit ich mich erinnere … jünger als wir beide, weshalb es mir zu denken gab, wie er ein Freund sein konnte, den einer von uns beiden mitgebracht hatte. Kurze Haare, kurze graue Hose … ach, du weißt schon, so wie wir. Nur eben jünger.«

»Wie sah sein Gesicht aus?«

Ich versuchte es erneut, doch das Gesicht blieb unscharf. Schließlich hatte ich das Foto nur einmal kurz gesehen, obschon ich in meiner Überraschung einige Augenblicke daraufgestarrt hatte.

Ich schüttelte den Kopf.

»Da war kein anderer Junge«, sagte Hugo.

Ich wollte einwenden, natürlich sei da ein anderer Junge gewesen, Hugo habe das Foto nicht gesehen, ich schon, aber sein Gesicht war bleich und sehr ernst.

Er stand auf und schenkte uns beiden einen weiteren Whisky ein, und als er mir das Glas reichte, fiel mir auf, dass seine Hand zitterte.

»Die Geschichte«, sagte er schließlich, »ist folgende. Wir waren zweimal dort. An jenem Ort.«

»Das Weiße Haus? Dieser Garten? Was meinst du damit?«

»Mutter ist mit uns dorthin gefahren. Ich war im Internat ... in Millgate, und hatte über das Wochenende Ausgang. Sie hat dich mitgebracht. Für einen Ausflug.«

Ich hatte kaum Erinnerungen an die Zeit, als Hugo im Internat war, obwohl da stets ein seltsames Gefühl des Verlustes gewesen war, der Einsamkeit, der Leere im Zentrum meines alltäglichen Lebens, doch als ich alt genug war zu verstehen, was das bedeutete, war ich selbst im Internat, und Hugo war in Winchester.

»Ein Junge ist ertrunken.«

Ich hörte die Worte in dem stillen Zimmer, aber es dauerte einen Moment, bis ich ihren Sinn verstand.

»Ein Junge ...«

»Er war der Enkel – von der Frau. Dieser Frau.«

»Denisa Parsons?«

»Ihr Enkel. Er war noch klein – zwei? So was in der Art. Ziemlich klein. Er ist im Seerosenteich ertrunken. In dem Garten.«

Ich blickte meinen Bruder an. Seine Augen schienen tief in die Höhlen gesunken zu sein, und sein Gesicht war jetzt leichenblass.

»Woher weißt du das? Hat dir das jemand erzählt? Hat Mutter …«

»Ich war dort«, erwiderte Hugo. Seine Stimme war leise, als spräche er mehr mit sich selbst. »Ich war dort.«

»Was meinst du mit ›dort‹? An dem Ort? Meinst du, in dem Garten? Waren wir alle dort?«

»Nein. Du bist mit Mutter in einen anderen Teil gegangen – da waren hohe Hecken … Bogengänge … du bist da durchgegangen. Du warst irgendwo anders.«

Er trank einen Schluck Whisky. »Ich kann mich nicht an allzu viel erinnern. Ich war allein in dem Garten, und da war – ein großes Wasserbecken. Mit Fischen. Goldfischen. Dann war da – der Junge. Er war da. Ich erinnere mich nicht. Aber er ist ertrunken. Der Rest ist – das, was uns erzählt wurde. Nicht das, woran ich mich erinnere. Ich erinnere mich an nichts.« Er sah mich direkt an, und seine Augen glänzten plötzlich.

»Ich erinnere mich an nichts.«

Ich hörte Benedictes Auto vorfahren und einen Moment später die Haustür ins Schloss fallen. Hugo regte sich nicht.

»Da ist nur eins«, brachte ich schließlich hervor, »eine Sache, die keinen Sinn ergibt. Das Kind. Der kleine Junge ist in das Becken gefallen und ertrunken, aber was hat das mit dem Jungen zu tun, der mit uns auf dem Foto war? Der Junge auf der Bank. Wir waren beide älter. Ich weiß nicht, warum sie noch mal mit uns dorthin gefahren ist – weißt du's?«

Er zuckte die Schultern. »Ich erinnere mich an nichts.«

»Nicht an den zweiten Besuch? Aber du warst älter – wie alt, elf?«

»Und an wie viel erinnerst du dich, als du elf warst?«

Schritte ertönten im Flur, dann wurde das Radio in der Küche leise angestellt. Mein Bruder erhob sich.

»Hugo?«

»Nein«, sagte ich. »Du wolltest gerade etwas sagen und kannst jetzt nicht gehen. Du hast gesagt, da war kein Junge auf dem Foto. Aber ich habe einen Jungen gesehen. Ich sah ihn so deutlich, wie ich dich sah. Wie ich mich sah.«

Er zögerte und winkte dann ab. »Irgendeine Geschichte«, sagte er. »Immer dieselbe. Von einem Jungen, der in den Garten zurückkehrt – jener Junge.«

»Was hat … ein Junge, der zurückkehrt?«

»Komm schon. Ich glaube nicht an Geister, genauso wenig wie du.«

»Oh, was das betrifft … Du weißt, was mit mir passiert ist, Hugo …« Ich sprang auf und legte ihm die Hände auf die Schultern, schüttelte ihn fast in meiner aufsteigenden Wut – denn es war Wut, Wut auf ihn, weil er etwas wusste und es von mir fernzuhalten versuchte. »Erzähl es mir.«

Er wartete, bis ich die Hände fallen ließ. Dann sagte er: »Ein Junge – jener Junge, nehme ich an. Es hieß, er kehre in den Garten zurück – Geister tun so etwas, nicht wahr, wie es in den Geschichten heißt? Kehren an den Ort zurück, an dem was auch immer passiert ist. Er musste es tun. Mehr ist da nicht dran. Ist nur eine Geschichte.«

»Aber der Junge, der ertrunken ist, war klein – zwei Jahre alt. Der auf dem Foto war älter … Es kann nicht derselbe sein. Dieser Junge auf dem Foto war lebendig, kein Geist.«

»Woher weißt du das? Woher weißt du, wie ein Geist aussieht? Bleich und dürr? Nur halb da?« Er lachte, ein merkwürdiges leises, trockenes Lachen. »Der Geist kam jedes Jahr zurück, und jedes Jahr war er ein Jahr älter. Er wuchs heran – wie ein lebendiger Junge.«

»Das ist nicht …«

»Was? Nicht möglich?«

Ich verstummte. Keines der Vorkommnisse war in der Welt eines normalen, rationalen Menschen möglich. Aber sie waren passiert.

»Woher weißt du das alles? Du hast mich belogen.«

»Ach ja?«

»Als ich dir damals von der kleinen Hand in der meinen erzählte, von …«

»Ach, um Gottes willen, das? Das dürfte doch wohl nichts damit zu tun haben, oder? Da bist du nur kurz durchgedreht. Ein Zufall. Nein, nein, vergiss es. Und wenn du mehr darüber wissen willst, die ganze Geschichte steht im Internet. Auf einer dieser Geisterjägerseiten. Ich bin eines Abends darauf gestoßen – für die Schüler. Wir haben damals *Die Drehung der Schraube* gelesen … Du weißt ja, wie das ist. Man fängt an zu stöbern …« Wieder lachte er kurz auf. »Ich kann mich nicht erinnern, wie die Webseite hieß, aber darauf findest du's. Der Geist des Weißen Hauses … alles ziemlich komisch.«

Er trank seinen Whisky aus, nahm beide Gläser und ging ohne ein weiteres Wort zur Tür. Ich blieb noch sitzen, hörte seine Stimme, dann die von Benedicte, kurze, leise Gesprächsfetzen.

Plötzlich war ich sehr erschöpft, und mein Kopf schmerzte. Ich wollte das zusammensetzen, was Hugo mir erzählt hatte, es mit den Dingen verbinden, die ich in dem Garten erlebt hatte, um ein vollständiges Bild zu erhalten, doch sie waren in meinem Kopf so unzusammenhängend wie Puzzleteile. Ich war so müde. Sie würden sich schon verbinden, daran zweifelte ich nicht.

Womöglich würde ich mir die Geschichte im Internet durchlesen, doch irgendwas an der Art, wie mein Bruder darüber gesprochen hatte, klang unglaubwürdig. Ich glaubte ihm, dass er die Geschichte auf einer Webseite gefunden hatte, aber nicht durch Zufall, während er über Henry James recherchierte.

Am nächsten Morgen war Hugo bereits hinüber zur Schule gegangen, als ich zum Frühstück hinunterkam, und am Nachmittag würde er als Schiedsrichter bei einem Fußballspiel fungieren, was er zum Vergnügen tat und nicht, weil er Sportlehrer war. Benedicte und ich machten einen Ausflug durch das ländliche Suffolk, schauten uns Kirchen an und landeten schließlich in einem Buchladen, der auch Tee servierte. Bei einer Kanne und ausgezeichneten Scones fragte ich sie, ob Hugo meine kurze Phase der Panikattacken erwähnt habe und ob es je zu einer Wiederholung seiner eigenen gekommen sei.

»Nein und nein«, erwiderte sie erstaunt. »Adam, du Armer. Die Leute lachen häufig über solche Dinge, aber sie sind wirklich schrecklich. Nein, seinen Zusammenbruch hat er endgültig überwunden. Doch ich frage mich, da du es jetzt erwähnst, ob es da irgendeinen Zusammenhang gibt?«

»Ob es in der Familie liegt, meinst du?« Ich schüttelte den Kopf. »Das bezweifle ich. Viele Menschen erleben so etwas wie ich.«

»Und hast du eine Ahnung, warum du sie hattest? Gibt es dafür nicht immer einen Grund?«

Ich zögerte, zuckte dann mit den Schultern.

Sie lächelte. »Tja, und nun ist alles vorbei, hoffe ich?«

»Oh ja.«

»Das ist gut. Denn auch bei Hugo … ist es nicht wieder aufgetreten. Er ist jetzt sehr stark und geistig gesund.«

Wir fuhren über dunkler werdende Straßen zurück, unterhielten uns ein wenig über Musik und Bücher, dann über Katerina und ihre Aussichten, in Cambridge zum Medizinstudium zugelassen zu werden, und ich verspürte währenddessen ein seltsames Gefühl der Leichtigkeit und des Wohlbefindens. Die Geistergeschichte, die mein Bruder mir erzählt hatte, erklärte eine ganze Menge. Dass das kleine Kind, das unglücklicherweise ertrunken war, an diesen Ort zurückkehrte und mit anderen Kindern zusammen sein wollte, kam mir ganz natürlich vor, und ich wusste von Menschen, die »Fotos« von Geistern gemacht hatten. Ich hatte sogar mal eines gesehen. Das Foto einer ganzen Schulklasse mit dem geisterhaften Lehrer in der hintersten Bankreihe – wenngleich ich zugeben muss, dass ich es immer für eine Fälschung gehalten hatte. Doch diese Fälschungen, die heutzutage mit Digitalkameras nicht schwierig sind, waren einst nicht so einfach herzustellen, und soweit ich mich erinnerte, hatte der Junge auf dem Foto, das die alte Frau mir gezeigt hatte, überhaupt nicht geisterhaft ausgesehen. Wäre dem so gewesen, hätte ich ihn sicherlich nicht leichtfertig als dritten Jungen wahrgenommen – unseren unbekannten »Freund«.

Während ich fuhr, dachte ich an die kleine Hand, von der ich nun glaubte, dass sie dem ertrunkenen Jungen gehörte. Ich hatte mich an den Ort gewagt, und er hatte sich an mich geklammert. Hatte er mich jedes Mal gefunden, wenn ich mich Wasser näherte, und vor allem Wasserbecken? Offenbar schon. Aber warum hatte er mich vorwärtsgedrängt? Warum hatte ich solche Angst vor dem empfunden, was geschehen könnte? Ich erschauerte. Beinahe unfassbar, dass er einen derart geisterhaften Willen und die Macht besaß, mich zu drängen, ins Wasser zu stürzen, zu ertrinken und dadurch für immer bei ihm zu sein. Doch welche Erklärung sollte es sonst geben?

Wir erreichten die Stadt und fuhren am Schulgebäude vorbei zurück nach Hause.

Nun ja, es war vorbei. Die geisterhafte Macht war geschwunden. Das einzige noch verbliebene Rätsel war mein Besuch beim Weißen Haus, als ich die alte Frau getroffen hatte. War auch sie ein Geist?

Nein, sie war real und echt gewesen, wenn auch merkwürdig, doch andererseits würde das Leben allein in diesem fast verfallenen Haus wohl jeden verrückt machen. Das ertrunkene Kind war ihr Enkel gewesen, und vielleicht suchte er sie ebenfalls heim, vielleicht spürte sie die kleine Hand in der ihren, vielleicht nahm er sie mit in jene Gärten, die ineinander übergingen, zu der Stelle, an der das Wasserbecken gewesen und jetzt nur noch ein Feenring im Boden geblieben war. Arme Frau. Sie brauchte Hilfe, Pflege und Gesellschaft, doch die Welt entledigt sich oft leicht derangierter Personen wie sie, die in einer Traumwelt leben und sich inmitten der verfallenden Gemäuer ihres Zuhauses an die Vergangenheit klammern. Vermutlich würde sie dort sterben, allein, verhungert, krank oder an den Folgen eines Unfalls. Ich überlegte, ob ich noch einmal hinfahren, mit ihr sprechen und sie überreden sollte, diesen schrecklichen, melancholischen Ort zu verlassen, der mit ihrer gesamten Vergangenheit verbunden war, an dem jedoch eine einstmals gut aussehende, erfolgreiche, gefeierte Frau nicht ihre letzten Lebenstage verbringen sollte. Ich nahm es mir fest vor. Und vielleicht hatte ich dabei den Gedanken im Hinterkopf, sie sanft und taktvoll über ihren Enkel auszufragen und ob es tatsächlich ein Foto von ihm war, wie er ein paar Jahre nach seinem Tod ausgesehen haben mochte.

Und ob auch sie von der kleinen Hand heimgesucht worden war.

Auch wenn die Hand mich jetzt verlassen hatte und ich frei und ohne Angst war, konnte ich das Gefühl von ihr in der meinen nicht vergessen, oder die Macht, die sie über mich gehabt hatte.

Als wir ins Haus traten, dachte ich weiter über eine Fahrt nach Sussex nach. Auf jeden Fall würde ich Neuigkeiten über den Psalter für Sir Edgar Merriman haben, wenngleich ich dafür wohl zunächst noch nach New York fliegen müsste. New York im Herbst war ein herrlicher Ort, Saisonbeginn in den Auktionshäusern, viele neue Theaterstücke, viele gute Partys, die Restaurants alle voll, doch das Wetter noch angenehm genug für Spaziergänge. Vorfreude ergriff mich.

Später sollte ich mich an dieses wunderbare Gefühl der Vorfreude bei dem Gedanken an New York erinnern, mein letzter sorgloser, schuldfreier, unbekümmerter Augenblick. Gibt es nicht stets diese Momente direkt vor dem Schlag, der die Dinge für immer verändert?

Ich betrat das Haus hinter Benedicte, die sich darüber wunderte, dass kein Licht brannte. Hugo musste mit den Fußballspielern wohl noch auf einen Drink gegangen sein, obwohl er sich sonst nach einem Spiel nicht mehr lange aufhielt. Der Herbsttag war freundlich gewesen, doch nun hatte es sich so weit abgekühlt, dass es nachts sogar Frost geben könnte, und mir fiel jetzt auf, wie ungewöhnlich kalt es im Haus war.

»Was ist …« Ich hörte Benedictes Stimme stocken, als sie ins Wohnzimmer trat. »Oh nein … war hier ein Einbrecher?«

Rasch folgte ich ihr ins Zimmer. Die Verandatüren zum Garten standen weit offen. Benedicte knipste die Lampen an, doch als wir uns umsahen, wurde klar, dass nichts verschoben oder, soweit wir es erkennen konnten, gestohlen worden war.

»Bleib du hier«, sagte ich. »Ich sehe nach.«

Im Eilschritt lief ich durchs ganze Haus, aber die Zimmer sahen aus wie immer, die Türen geschlossen, ordentlich, leer.

»Adam?« Ihre Stimme klang seltsam.

»Nichts und niemand da. Alles in Ordnung. Vielleicht hast du vergessen, die Verandatüren zu schließen, bevor wir losgefahren sind.«

»Ich habe sie nicht geöffnet. Keiner hat sie geöffnet.«

»Hugo?«

»Hugo war schon zur Schule gegangen.«

»Tja, vielleicht ist er zurückgekommen. Hat seine Ausrüstung vergessen oder – sonst was.«

»Er hat seine Ausrüstung mitgenommen, und

wieso sollte er die Türen öffnen, selbst wenn er die Sachen vergessen hätte?«

»Das wird er uns erzählen, wenn er heimkommt. Eine andere Erklärung fällt mir nicht ein. Dir etwa?«

Da war etwas in ihrem Gesicht, ein Ausdruck von Furcht oder Beklommenheit. Ich führte sie in die Küche, öffnete eine Flasche Rotwein und schenkte uns beiden ein großes Glas ein.

»Wie kann ich dir beim Abendessen helfen? Kartoffeln schälen, irgendwas aus dem Gefrierschrank holen?«

Benedicte war stets gut organisiert, sie würde alles geplant haben, selbst wenn der Zeitpunkt des Essens ungewiss war.

»Ja«, sagte sie. Ich sah ihr an, dass sie besorgt war. »Kartoffeln müssten gewaschen und in den Ofen gelegt werden. Gebackene Kartoffeln. Wurstauflauf. Ich dachte ...«

Ich legte ihr die Hand auf die Schulter. »Bei euch ist nicht eingebrochen worden«, sagte ich. »Niemand war hier. Mach dir keine Sorgen. Hugo wird jede Minute auftauchen. Er kann sich auch noch mal umschauen, wenn du willst. Aber hier ist niemand.«

»Nein«, erwiderte sie.

Wir bereiteten das Essen vor und nahmen unseren Wein dann mit ins Wohnzimmer. Ich hatte die Verandatüren geschlossen und die schweren Vorhänge zugezogen. Benedicte zündete das Gasfeuer an. Wir plauderten ein wenig. Ich griff nach der Zeitung, sie ging zurück in die Küche, um nach dem Ofen zu schauen. Alles war wie immer.

Das Telefon klingelte.

»Adam?«

In dem Moment sah sie nicht besorgt aus. Nur verwirrt.

»Das war jemand von der Schule. Er wollte Hugo sprechen.«

»Ja?«

»Gordon Newitt.«

Ich verstand nicht.

»Der Sportlehrer. Er wollte Hugo sprechen. Ich sagte, er sei wahrscheinlich mit dem Team noch was trinken gegangen. Aber er sagte, Hugo habe heute Nachmittag nicht als Schiedsrichter fungiert. Es habe nur ein Spiel gegeben, doch das sei ein Auswärtsspiel gewesen. Hugo war nicht dabei.«

Sie kam weiter ins Zimmer hinein und setzte sich plötzlich. »Er hat heute nicht als Schiedsrichter fungiert.« Sie wiederholte es mit dumpfer Stimme, hatte aber immer noch diesen verwirrten Ausdruck, als versuchte sie die Bedeutung des Gehörten zu begreifen.

Die Behauptung, ich hätte es genau in diesem Moment gewusst, mag unglaubwürdig klingen – dass ich alles wusste, als wäre es mir voll und ganz und in jeder Einzelheit dargelegt worden. Ich wusste es.

Doch dann zerbrach mein Wissen wieder in Fragmente, und ich hörte mich sagen, der Sportlehrer irre sich bestimmt, Hugo habe vielleicht mit jemandem getauscht, ohne Bescheid zu geben, oder sei woandershin gegangen, habe seine Termine verwechselt und keine Zeit gehabt, es uns zu sagen, oder …

Ich hörte mich sinnlos weiterbrabbeln, sah, wie Benedicte mein Gesicht musterte, als könnte sie darin lesen, was wirklich passiert war, wo Hugo sich aufhielt.

Und dann trat ein langer, schrecklicher Moment der Stille ein, bevor ich mich erhob.

»Ich glaube, ich sollte die Polizei anrufen«, sagte ich.

21

Viel mehr gibt es nicht zu erzählen. Hugos Leiche wurde am nächsten Morgen bei Tagesanbruch ein Stück weiter den Fluss hinab gefunden. Er wies keine Verletzungen auf, und die Obduktion ergab nur, dass er ertrunken war, ohne dass es natürliche Gründe für seinen Sturz ins Wasser gegeben hätte – zum Beispiel nach einem plötzlichen Schlaganfall oder einem Herzinfarkt. Im Haus fand sich kein Abschiedsbrief kein Hinweis, wieso er wegen des Fußballspiels gelogen hatte. Wir erfuhren, dass er an jenem Samstagmorgen in der Schule unterrichtet hatte wie immer, und wie er es auch gesagt hatte. Gegen zwölf Uhr vierzig hatten mehrere Leute ihn auf der High Street nach Hause gehen sehen. Danach hatte ihn niemand mehr gesehen.

Auf dem Treidelpfad ist es in dieser Jahreszeit ruhig, nur gelegentlich sind Leute mit Hunden oder Jogger unterwegs. Nicht an diesem Nachmittag.

War er nur gestolpert und ausgerutscht?, fragte Benedicte immer wieder. Der Treidelpfad war trocken – es hatte seit Wochen nicht geregnet, aber Hugo konnte über eine Baumwurzel gestolpert sein.

Eine schreckliche Zeit. Ich blieb, bis Katerina aus Cambridge heimkam, und am Montagmorgen begleitete ich Benedicte, die Hugos Leiche offiziell identifizieren musste.

Wir fuhren schweigend zum Krankenhaus. Sie war sehr tapfer und resolut gewesen, entschlossen, nicht zusammenzubrechen, und sie war auch jetzt entschlossen, befürchtete aber, es könnte passieren, wenn sie ihn ansehen musste. Deshalb wollte sie mich dabeihaben.

Ich stand genauso unter Schock wie sie, hatte jedoch schon zweimal Leichen identifizieren müssen, einschließlich der meines Vaters, daher empfand ich an jenem Morgen keine Furcht, nur große Traurigkeit.

Erst als ich die stille, kalte Leiche meines Bruders dort liegen sah, überrollte mich eine heftige Woge des Begreifens und Entsetzens. Sein Gesichtsausdruck war leer, wie es bei Verstorbenen stets irgendwann geschieht, ganz gleich wie ihr Ausdruck im Moment des Todes gewesen sein mochte. Die Leere des ewigen Schlafs.

Und dann betrachtete ich seine Hände. Die linke ruhte ganz normal in entspannter Haltung auf dem Laken. Doch die rechte war nicht entspannt. Hugos rechte Hand war zusammengekrümmt, beinahe zur Faust geballt. Als hätte sie etwas umklammert.

Natürlich wusste ich es, und dann verstand ich alles, begriff, dass die kleine Hand, die sich ein letztes Mal von meiner gelöst hatte, nicht aufgeben wollte. Der Junge war nicht verschwunden, nachdem er bei mir versagt hatte, sondern hatte sich Hugo zugewandt, dessen Hand gepackt und ihn mit festem Griff zum nächstgelegenen Wasser gezerrt. Ich hatte mich nicht gefügt. Ich hatte mich gerettet oder war gerettet worden, wenngleich ich nicht wusste und immer noch nicht weiß, wie das geschehen war. Ich hatte der kleinen Hand nicht nachgegeben. Mein Bruder hatte es getan und war, wie der Junge, ertrunken.

Benedicte erzählte ich nichts davon. Schweigend verließen wir das Krankenhaus, und am späten Nachmittag kam Katerina nach Hause. Ich ließ die beiden allein, weil ich einerseits spürte, dass sie das wünschten und brauchten, es aber nicht sagen würden, und andererseits unbedingt von hier wegwollte. Zur Beerdigung würde ich natürlich wiederkommen, doch die sollte erst in zehn Tagen stattfinden.

In raschem Tempo fuhr ich aus der Stadt und fort vom Fluss, bemüht, beides so weit wie möglich hinter mir zu lassen.

Ich fühlte mich schuldig, weil ich überlebt hatte. Ich war entsetzt über das, was Hugo, wie ich wusste, zugestoßen war, obgleich der Coroner mangels gegenteiliger Beweise auf Tod durch Unfall plädieren würde. Mit meinem Wissen würde ich leben müssen und fragte mich, wie viele wohl noch auf dieselbe Weise heimgesucht worden waren, wenn sie einst den Garten des Weißen Hauses besucht und die Berührung der kleinen Hand gespürt hatten. Bestimmt war ich nicht der Erste gewesen, betete jedoch, dass Hugo der Letzte war und der Geist des unglücklichen ertrunkenen Jungen nun in Frieden ruhen konnte.

22

Ich dachte, damit wäre es zu Ende, glaubte, es würde nichts mehr zu erzählen geben. Doch da war mehr, ein weiteres Informationsbruchstück, das ich erhielt und nie zurückgeben, nie aus dem Gedächtnis löschen kann. Eine weitere, sehr viel schlimmere Information, mit der ich leben muss, denn es gibt nichts, überhaupt nichts, was ich damit tun kann.

Als ich nach Hause kam, fand ich einen Brief vor. Er war am Samstagmorgen abgeschickt worden, adressiert in der Schrift meines Bruders, und während ich daraufschaute, vergaß ich für einen flüchtigen Moment, dass er tot war, und wunderte mich nur, warum er mir schrieb, auf Papier und mit Tinte, statt anzurufen oder eine rasche E-Mail zu schicken.

Doch dann fiel es mir wieder ein. Ich begriff. Meine Hand zitterte, als ich den Umschlag öffnete, an meinem Schreibtisch neben dem Fenster im späten Nachmittagslicht.

Adam,

Du musst dies erfahren. Ich habe es Dir nie erzählen können, obwohl ich in den letzten Tagen und Wochen oft kurz davor war. Doch am Ende konnte ich es nicht. Vielleicht wusstest Du, dass ich Dir etwas zu sagen hatte. Vielleicht auch nicht.

Jetzt, nachdem ich beschlossen habe, nicht mehr länger damit leben zu können, muss ich es Dir sagen. Bitte denk daran, dass wir Kinder waren. Ich war ein Kind. Ein Elfjähriger ist nach wie vor ein Kind. Das rede ich mir wenigstens ein.

Der Junge ist ertrunken, weil ich ihn in das Wasserbecken gestoßen habe. Zu dem Zeitpunkt war sonst niemand dort. Niemand sah, was passiert ist. Du hattest nach mir gesucht, und ich griff nach Deiner Hand und zerrte Dich weg, die Stufen hinauf und durch den Bogengang in dieser hohen Hecke, die seitdem so düster in meinen Albträumen aufragte.

Keiner wusste es. Es war später Nachmittag, die Besucher verließen den Garten. Wir waren die Letzten. Ich zerrte Dich über den Rasen, bis wir Mutter fanden, dann gingen wir auch.

Einige Jahre lang geschah nichts. Ich verdrängte es in mein Unterbewusstsein, wie Menschen es mit derart schrecklichen Geheimnissen tun. Nichts passierte, bis zu meinem Zusammenbruch, der plötzlich und vielleicht halb zufällig begann, nachdem ich in der Zeitung einen Artikel über ein Kind gelesen hatte, das in einem ähnlichen Wasserbecken ertrunken war.

Ich hatte denselben Drang, mich ins Wasser zu stürzen, wie Du. Der einzige Unterschied scheint zu sein, dass ich anders als Du nicht den Griff der kleinen Hand ertragen musste. Nicht, bis sie Dich verließ – vielleicht sollte ich sagen, »Dich aufgab« – und vor einigen Wochen zu mir kam. Da wusste ich, dass ich unfähig sein würde, ihr zu widerstehen, tun müsste, was sie wollte, und mit ihr gehen. Natürlich musste ich das. Es war mein Verschulden. Ich bin schuldig. Du hast nichts getan. Du wusstest von nichts.

Es tut mir leid, Dich damit zu belasten, alle zu verlassen, meiner Familie dieses große Leid zuzufügen. Nur eines, bitte. Ich bitte Dich, Benedicte und Katerina nie davon zu erzählen, wie sehr Du Dir auch wünschen magst, Dich ihnen zu offenbaren. Sie werden genug zu tragen haben. Bitte bewahre dies als unser letztes Geheimnis.

Du wirst dies in dem Wissen lesen, dass ich meine Schuld beglichen habe, und bei Gott, das ist genug. Das ist das Ende von alldem. Der kleine Geist und ich haben Frieden geschlossen. Die letzte Hand, welche die kleine Hand halten wird, ist meine.

Voller Liebe,

Hugo